imaginist

想象另一种可能

理
想
国

imaginist

目光与心事

陈丹青 著

九州出版社
JIUZHOUPRESS

图书在版编目(CIP)数据

目光与心事 / 陈丹青著 . –– 北京：九州出版社
2023.9（2023.9 重印）

　ISBN 978-7-5225-2034-6

　Ⅰ . ①目… Ⅱ . ①陈… Ⅲ . ①文艺评论—文集 Ⅳ
① I06-53

中国国家版本馆 CIP 数据核字 (2023) 第 138447 号

目光与心事

作　者	陈丹青　著
责任编辑	周　春
出版发行	九州出版社
地　址	北京市西城区阜外大街甲35号（100037）
发行电话	（010）68992190/3/5/6
网　址	www.jiuzhoupress.com
印　刷	山东韵杰文化科技有限公司
开　本	850毫米×1168毫米　32开
印　张	6.5
字　数	104千
版　次	2023年9月第1版
印　次	2023年9月第2次印刷
书　号	ISBN 978-7-5225-2034-6
定　价	69.00元

序

母亲在世那些年，我每有书出，就献给她。忽一日，母亲满脸不明白的样子，叫声我小名，认真地问：

"……姆妈养侬出来，怎么不晓得侬会写书呢？"

其实如今出本书不算多大的事。母亲有所不知。我存着上百册历年收到的赠书，有位老师哥一次性送我十二本，装帧考究，锃亮的封面，全是他的著作，跟他比，我这不能叫做"书"，不过是杂稿的凑合。

十多年来，我所诧异的是给人写了不少序言。收入此书的篇幅，仅占半数——旧友新知，老的小的，甚至从未谋面的人，寻过来，用了怯生生的，但听上去不肯罢休的语气，要我为他们的画展、画册、文集、小说集、书法集，写点什么，我心软，居然支支吾吾应承了。

为什么呢，一面，固然是人情债。人家开了口，傲然回绝吗——中国人的眼神藏着一句狠话："你看不起我！"——于是低头去写，好几包烟，好几天时间，就没有了。另一面恐怕是虚荣心作祟。倘若名目是在美术之外，甚或更大的话题，我会偷偷闪一念：试试吧，兴许能说出什么名堂。这可好，更多的烟，更多天数，没有了。

什么叫做轻佻，这本"书"便是。

但我就此被称为"文艺评论家"，这倒不好抵赖的。你在人家的书页前果真写了序，既是序，就有评论的意思了。

我见了谁谁谁的东西，当下起好恶，熬不住说。老友曾当面揭发：知青年代我就满口胡言，对人家的作品动辄大赞，或者大骂。后来市面上混久了，逢迎、狡猾、敷衍、取悦，我都会，且能把握分寸——我知道，同行面前，真话不可说。

就此而言，中国没有 critique，更别谈 criticize。诸位如果愿意读这些序言，多是肯定、叫好、赞美，并没有坦然的批评——倘若有，一定是借早已死去的前辈挡着，半阴半阳地损几下子。而当我赞美时，我敢说，十二分当真，此外，事情还有别的面向。

英国历史学家托尼·朱特早年研究法国思想，剖析萨特与波伏瓦，颇不留情。二十世纪九十年代，他去到剧变中的捷克与波兰，结交不少豪杰，豁然有感于西欧人轻忽的另一维，乃自称"发现了东欧"，文路起了变化，说他开始享受赞美，还说，就写作而言，赞美，或许较批评还难做到。

这话说得好，虽说我的小把戏岂能望见他的境界，但我的世故仿佛得了宽赦，等于吃补药。说来奇怪，一字一句赏阅某个家伙，某件作品，我确乎得到快感，而要能稍稍做到诚实的赞美，果然大不易。

都说写作须得诚实，具体指什么呢？九十年代我曾很喜欢阿城推荐的一部上海人写的小说，事后问他何以觉得好，他想了想，说："态度好。"我一直记取这句话，也拿来要求自己的写作，尤当语涉 critique。当然，人判断不了自己的态度是否真"好"，所以我有没有做到，不敢说。换言之，对我的作文的 criticize，应该来自读者。

可惜我的写作（包括绘画）从未得到像样的批评，这将使我很难进步。近年得识一位零零后小子，隔了两代，辈分与名位于他不起作用，于是对我的某篇、某句、某个意思，提出异议，照直批评，还帮我剔除错字与笔误。

一个评论者能得到他人的评论，critique 变得快乐。跑来求稿的人要一篇序，我也借了陌生的主题，磨蹭智力与写作，没个话题扔过来，我的脑筋会怎么转，自己并不知道。

这本集子的话题半数在美术圈打转，最用力的一篇是写老前辈张光宇，因事涉现代美术史，不免紧张。稍稍松动的篇什里，《目光与心事》似乎还好，便取了做书名。写成后，盼着能和这位久居北京的意大利摄影家勾搭见面——他来字说我道着了他的心事——结果命令我写序的中间人取了稿子，再没下文。

往后，我的业余的critique该约束了，对付人情债，毕竟很苦，人老了，得给自己多留点光阴。再者呢，当母亲说了前面的话，脸色一沉，压低声音说："还是要当心呀，弗要乱讲话。"妈妈，我也怕惹事，您要是发现儿子是在书里胡扯艺术，赞美艺术家，该会宽心的吧。

2023 年 5 月 18 日

目录

序

1 漫长的惊讶

8 记韩国大演员金星女

12 读马萧《印象派的敌人》

21 苏州美专与沧浪亭

26 向张光宇先生致敬

43 永垂不朽《流民图》

54 时代的晕眩

58 读柯迺柏的"心"

66 晦涩与清晰

76 画史与痴心

86　　小东在看

91　　旧书中的鬼魅

98　　近乎小说的记忆

102　　离乱与顽童

106　　原色的郎郎

110　　弘仁暴露了他的观看的位置

117　　目光与心事

122　　白昼将尽

125　　书画的活水

129　在小说中呈现的万玛才旦

136　初作的位置

138　你们写不好的

145　回看袁运生

152　尤勇的母亲

156　读张昊辰的第一本书

171　木心遗稿引

漫长的惊讶

序威廉·林赛《威廉：我的长城生活》

八达岭现在成了"王府井"了，亦且更为拥挤，攀缘之路宽不过数米，到了旅游旺季，城垛间的胜景不是长城，而是摩肩擦踵的人。

略一看，人丛中夹杂着不少"老外"，再一看，中东、东南亚、南美、南洋的来客，并不见多，比例最高的"夷人"，来自西洋。

西洋人一旦爱上中国——我不确定是否可以叫做"爱"——那股认真的狠劲儿，是唯西洋人才有。八十年代末，著名南斯拉夫裔行为艺术家 Marina 与她当时的男友，同是行为艺术家的德国人 Ulay 合作完成一件作品，题曰《情人·长城》。整整三个月，他们一个从山海关出发，自东向西，一个自嘉峪关出发，由西向东，相约会合二郎山。之后，两人分手了。好像是前年吧，Marina 在纽约现代艺术博物馆又做了一件作品 *：数千名参与者排着队，被邀请与她对坐对视，不发声。忽然，二十二年不见的 Ulay 坐下来。

Marina 眼眶湿了。两个老去的人。过了片刻，他俩隔桌拉手，满场掌声。Ulay 起身离开，让位给其他等候的人。

2003 年，我陪回国探亲的弟弟去到慕田峪长城。傍午下山，兴奋的弟弟单独走去攀登另一段被荒弃的陡峭城墙，回来后说，他在山顶烽火台遇见一对德国老夫妇，聊起来，才知道他俩每年飞来北京，入住后，翌日便到长城，牵着手，一步步登上顶端，站一站，下山，第二天就飞回德国，继续上班了。

此外的例，应该还有，我所知道、遇见的，便是以上两个故事：这故事给我的印象倒不是长城，而是西洋人的性格。除了古老的传说"孟姜女"，我想不出中国人与长城的无数故事中，可曾有过类似的情节。

Marina 与 Ulay 的故事，其实关乎"爱情"，主要是，

---

* 指 2010 年，玛丽娜·阿布拉莫维奇（Marina Abramović）的行为艺术《艺术家在场》。——编者注

关乎一件闻名于西方的"行为艺术"。这件行为作品的规矩是只能对视,不动感情,但使她破了规矩而涌起泪水的记忆,是二十多年前她与男友的往事,还是长城?

我知道这是无端而无聊的一念,可是,不论如何,他俩的故事全程发生在中国北方横跨千里的古长城。

我倒是格外记得那对德国老夫妇,他俩每年只为登临长城而来,而这按期践行、信守如仪的行为——是啊,也是"行为",但不是"行为艺术"——并不知名。它不发表,不宣示,只是夫妻俩坚定而快乐的秘密,近乎隐私,除了我们兄弟,除了我好几次与人说起,全中国没人知道,更别提全世界。

我为此感动,但说不出感动的理由。揣测,自也有的:寻常携手散步的老夫妻,欧洲有的是,如此跨国散步,想必手头宽裕,年年跨越欧亚飞一趟,多么奢侈而朴素、朴素而奢侈啊。

想下去,这地球上古老壮阔的去处,有的是——埃及金字塔,雅典神庙,玛雅文化那座神山,日本富士山,还有美国的大峡谷——但他们选择了长城。这是足令我们的爱国主义者大为骄傲的。此刻顺手写下这一问,我也涉嫌难以自抑的民族自豪感——我随即提醒自己:即便一打以上的西洋老夫妇、老情人每年来长城,更有数千万倍的洋夫妻、洋情人选择了别国的胜景。

但我仍然愿意想下去。

"老外"爱长城，不奇，但他们爱长城的方式，引我思索，却想不出所以然——眼下这位威廉·林赛先生，不得了，竟是从1987年到现在，与长城周旋近三十年，还竟爱屋及乌，娶了位中国女子。有一回，两人亲率逾百位热爱长城的中外志愿者去金山岭长城"捡垃圾"，入新世纪，夫妻俩联袂发起"国际长城之友协会"，矢志守护长城。

这就是西洋人爱长城的方式，一如任意糟蹋长城而不知是糟蹋者，也属中国人爱长城——包括爱乡土、爱祖国——的方式。

千百年来，中国人对长城的怨之颂之，实在是听得多了，热爱长城的"老外"既不怨，也不颂，唯选准了地点，相会二郎山，登临慕田峪，或在金山岭"捡垃圾"（好壮观啊！）；现代中国的哲学家思想家历史学家对长城的种种解读，我也大约读到过，都说得好极了，而爱长城的洋人没有一位是学问家。所以我老在琢磨：人家眼里心里的长城，究竟是怎样一种意思？

当年索尔仁尼琴流亡美国，有感于文化的鸿沟，慨然说道："人类是不可沟通的。"我确信这句话。我也同时确信，人类永在寻找别的沟通对象与沟通方式。

沟通，是渴望被理解（包括理解对方），渴望在彼方实现自己的表达（经由去到彼方，而实现）。体育，大约可算是一项吧，而将自然作对象，跨国寻求，也可视为沟通之一种吧——或曰，被沟通。在国界不再阻隔人类的时代，在人类得以选择地球上任一地点而实现梦想的时代，长城，想必是以上几位西洋人的伟大选项。他们走向长城，融入长城，我不认为那是爱中国，以西洋人的世界主义观念，哪一国都可爱，都该爱。"国家"，不是这几位西洋人如此行动的主语，而作为"地点"，他们选择了长城，长城，满足了他们。

满足了什么呢？以我中国式的顽劣和愚蠢，还是想不出来。以上云云，只怕是过度的解读，因我确信索尔仁尼琴的话：人类是不可沟通的。或许，他们的动机远较我能理解的更复杂，或许呢，其实非常单纯。另有一句世界著名的话，是一位著名登山者说的，人问他为什么要爬山，他说：

"因为山在那里。"

我不记得有过比这更质朴更雄辩的话，直逼哲学，胜于哲学。是啊，每次远远望见长城，我就想走近前，爬上去，喘吁吁地爬上去了，给山风吹着，放眼瞭望苍穹之下更多更远的长城，无尽展开着，延伸着，心里还想继续走，继续爬……为什么呢，"长城在那里"。

是啊，长城在那里。胡兰成著书曾引苏轼一句诗，大意是钦佩古人的生猛与能量，往往"做事令人惊"。诚然，全世界早古先人做下的那些事，不见则罢，不想则已，但凡见到、想到，虽去今数千年，仍是心里一惊：长城，可能是遍世界超规模的古代遗迹中，最令人惊讶不置的景观。

我们且来看看：单是某段城墙，某一烽火台，长城远不及金字塔宏大，论建造的难度与精密度，尤不及金字塔；而长城跨越的区域，大抵穷山荒岭，并无可看；论自然的壮美与丰饶，未必可比西洋的名胜。可是大峡谷壮阔渊深，纯属地理景观，没有历史，不见人世的炊烟；阿尔卑斯山的雄奇无与伦比，藏着好多历史的传说，而西欧的大山之上，或许有城堡，但没有长城。

长城，和全世界崇山峻岭都不一样：我永远弄不清长城是大山呢，还是长城，是自然景观呢，还是秦始皇的作品。长城令人惊，是在无尽的伸展而延绵，与山体、与大地、与国家版图、与历史记忆，无从分辨，汗漫合一。

在二十世纪中国实行闭关锁国之前、之后，西洋人曾经不断不断来到长城，他们是来探险、旅游、朝圣吗——"长城在那里"。相比Marina与Ulay，相比那对德国老夫妇，威廉·林赛是个更傻、更憨、更疯狂、更忠于长城的家伙。他为什么将自己整个成人的岁月及其余生交给长城？他以怎样的方式与长城周旋？请诸位读这本书。

但长城不知道林赛先生三十年来的壮举与苦行，他在长城沿线遭遇的无数故事与人，长城也不知道。两千多年来，长城只顾静静伏卧着，延伸着，当它不再能抵御外敌而变成伟大的废墟，它于是展开自己浑然不知的功能，为人类——绝不仅仅是中国人——持续奉献着漫长的惊讶。

2014 年 9 月 19 日写在北京

记韩国大演员金星女[*]

第二届乌镇国际戏剧节开张，我停留四夜，连看四出。水剧场《青蛇》全程大雨，上千观众眼瞧小青蛇直扑法海和尚，搂颈勾腰，作状舌吻。翌日是印度孟买剧团的莎翁《第十二夜》，满台男女穿红戴绿疯疯癫癫，惹我全场痛笑，总算领教了宝莱坞舞台的活色生香。再就是三位英国老男人出演的《莎士比亚全集》，片刻不停地连串道白撒泼打滚，我也痛笑始终，英国人到底是老牌的戏剧公民。第四日，向宏做主退了我午间离去的机票，逼我看韩国独角戏《墙壁中的精灵》。

此剧改编自西班牙内战时期的真人真事，统治、解放、

---

* 第二届乌镇国际戏剧节有韩国独角戏《墙壁中的精灵》，此篇为观后感。

革命、内战，归结为一位女子的叙述。百年中国太熟悉这类情节，只是被说滥了，也未说好。现在我来试着描述这位五岁即跟母亲上台演戏的韩国大师。

是夜八点，观众席静下来，头排右端，聚光灯忽然照亮六十七岁的高丽美人金星女。像是下班的母亲、众人的外婆，又如唐宋贵妇、韩国母后，她周身带着大演员的松弛、从容、调戏感，打量大家，抱歉似的笑笑，回身走向为她设置的空旷舞台，随即在无数猝不及防的片刻，转眼变成幼童、少女、大姑娘、亡命者、无赖、村夫、人民军……我立刻忘了前三场话剧，我相信，我看见，此后的两小时，全场为之折服。

但愿熟知现代戏剧的老手告诉我：各国有的是比这更为精彩的独角戏，金星女使我相信，世界上只有她足以胜任。除了在纽约观赏两次实验剧独角表演，这是我头一次观看韩国话剧（近年优异的韩国影视因此凸显出来、显得合理），头一次目击一个没有年龄的女星（这位老太太浑身散发着姑娘气和女儿性），我很快领教这出剧目不可添加一人（据说她戏仿的角色多至三十位），最后，我发现韩语居然这般迷人，与莎剧经典独白和布莱希特的德语叫嚣不分伯仲——当她高声娇嗔"不、不、我不嫁人！"或模拟乡下男人的呵斥与沉痛，我想不出汉语、日语能说得同样动听。

我不愿说，这是我唯一一次被话剧感动。她分分秒秒的真挚来自假装，但她瞬息万变的假装使这份真挚更其质朴而天然。她在动作、语调和千面脸之间，从容不迫，俱皆正好，三两下子，已足传达生死悲喜，半点不用力气。我所见的戏剧的起码水准——应该说，起码的道德——是自始至终抓住观众，金星女从头到尾的哄骗夺走我的理性，当她快乐地唱出村姑描述的十二个月份，我流下热泪。是夜，我重拾对话剧和表演的无保留的敬意，满心感激。

据说在美国与日本的巡演中，观众为她起立鼓掌。我期待这位天才巡演北上广。如今的戏剧学院绝对教不出这等本事，抑或，金星女的表演是中国现代戏剧的陌生之物：她提醒我们的剧场和表演早经遗失的几乎一切。据说黄磊看傻了，田导告诉我，职业青年演员看了，个个羞惭。散戏后有幸被邀请与金星女及她的导演丈夫同席，这时，像所有大演员那样，她变得无辜，浅笑着，频频欠身，随时谢谢，礼貌而职业地忍受着戏后的应酬，和刚才的表演毫无关系。

想了很久，斯琴高娃的面相与气质，宋丹丹的天分与率真，略约近乎那夜金星女在舞台上给出的魅力，但斯琴与丹丹可能遇不到这么好的剧本，也没有金星女背后的，怎么说呢，未经扭曲的文化。

久经扭曲，但本该属于金星女表演世界的本土演艺人群，是东北二人转。十多年前，我在铁岭的雪夜目击过真正的二人转，他们都是天才的演员，但无望成为金星女。半个多世纪以来，这群草根天才被学院戏剧界理所当然地排除在外，而据我所知，莎士比亚、莫里哀，诞生于和东北人同样的草根舞台，卓别林的父亲，金星女的母亲，都是伶人。可是我所见过的二人转演员即便个个怀揣她的天分，现代戏剧文化对金星女的化育和栽培——她是韩国屈指可数的国家演员，并在学院教授表演——绝对不会降临东北。在眼下权充中国戏剧文化的重重围墙外，二人转群体甘做草根，只能是草根。

我难以接受中国戏剧没有金星女。有一天，东北戏班子能带着自己的团队和新剧本，来到乌镇吗？

2014 年 11 月 4 日

读马萧《印象派的敌人》

在宣读考题和比赛章程后，这些选手立即去独立的隔间，在一天内必须完成草图……他们不能中途更改构思，否则以作弊论处……选手几乎是完全隔离的，自带食物，并且只能睡在隔间之中，每天可以放风两次，但全程皆在监督之下，不许与任何人交流。

以上场景，是两百年前由法国美术学院为竞选最高荣誉"罗马奖"而设定的考试规定，时在1816年。那年的获胜者名叫蒙沃新，是盖兰的弟子。盖兰是谁呢？恕我无知，但他的另两位弟子声名太大：德拉克洛瓦，还有早逝的席里柯。他俩出道之初，谅也参加了同类考试，据本书作者马萧考证，德拉克洛瓦"热衷此道"。这是英雄的自信，也是十九世纪法国画家得以出类拔萃的门槛：

> 任何新的草图、材料、照片均不能带入考场，选手之间绝对禁止互相观摩。直到最后一天，所有考场房门洞开，竞争者才可以互相参观。有些人看到对手的作品信心大增，发挥不佳者则心如死灰……

今天，参加过中国艺考的年轻人读到以上段落，或许吓一身冷汗，也或许暗自庆幸：我们这里还没有这等隔间。我曾参观过南京国子监清代考场，小小隔间数尺见方，仅容一桌一凳，断难躺倒过夜的。如今中国人办事，到底大气——网络可见某省艺考宏伟场面的图片，成千上万幅素描摊在体育场地面，保安徘徊其间，等候进场裁夺的考官。

十多年前，马萧曾在我这里混得一份硕士学位，日后留清华美院包林教授门下继续攻读博士生，这本书，便是他的博士论文。包林教授早年留学法国，对此命题多有认知，而马萧为这本书想必参阅动用了巨量资料。我原以为早经熟知十九世纪法国绘画的不少掌故，现在读了这本书，才发现自己一无所知——

卡巴内尔、库退尔、鲍迪耶、德拉罗什、莫罗、布格罗、夏普马丁、梅索尼埃、热罗姆、弗朗德兰、勒帕热，还有那位盖兰——马萧此书的主角便是以上这群画家，而在眼下能读到的法国画史汉译本中，你可能找不到他们，即或一提，也是作为背景、映衬，凸显印象派画家。

进入二十世纪，权威而齐整的法国绘画史相继问世，此后我们被史家提醒过一万次：十九世纪无可置疑的法国大师先后是安格尔（古典主义）、德拉克洛瓦（浪漫主义）、库尔贝（现实主义）、柯罗（巴比松画派），以及以年资为排序的印象派诸位：马奈、德加、塞尚……直到短命的修拉与梵高。

所谓盖棺定论，我们是被这定论浇灌哺育的好几代人。错了吗？没错。但马萧这本书详详细细告诉我们：整个十九世纪（几乎延续到二十世纪初端，亦即存活的印象派画家俱皆年迈之时），真正红遍巴黎、名震欧陆的法国大画家，其实是前一份名单。

这是历史的常态：我们今天记住的大艺术家、文学家、音乐家，十之六七曾经籍籍无名。在他们活着的年代，尚有远比他们更有名、更流行的同行。譬如中国的齐白石，当年北京与江南另有好几位水墨画家远比他更著名、润格更高，谁呢？没人知道了。罗伯特·休斯在他的《绝对批评》中写道：十九世纪末最著名的奥地利画家不是克里姆特与埃贡·席勒，而是如今被遗忘干净的汉斯·马卡特——一个从未听说的名字。荷兰人维米尔，欧洲美术史奇葩，今天有谁怀疑他的地位吗？他一生的作品仅得三十余件，死后近两百年，他的《花边女工》仅卖出七个英镑，当半个世纪后卢浮宫收藏这幅画，也才支付了五十一个英镑。

所以要读历史。若要完整了解印象派的真切来路，除非你有法语、英语的阅读水准，不然，恕我代为夸口：请读马萧这本书。

官方沙龙与落选者的著名故事，曾令我无数次为之神旺——多解气啊！马奈与莫奈终于战胜了他们！他们是谁呢？我从未弄清。1982年，当我在纽约大都会美术馆法国厅初见卡巴内尔的《维纳斯的诞生》（那酥嫩的肌肤被画得有如过期奶油），我当即判定那是有罪般的沙龙作品：史论早已教导我，学院风格何其媚俗。我确实不喜欢这幅今天看来过于造作的画，每次经过，扫一眼，顶多观看半分钟。

现在马萧告诉我，《维纳斯的诞生》在1863年沙龙展获得大奖，拿破仑三世以两万法郎藏购，同年，卡巴内尔接连获荣誉军团高等骑士勋位、当选美术院院士，并成为美术学院教授。

悬挂《维纳斯的诞生》那面墙的隔壁，是马奈的专馆，堂堂展示着他与卡巴内尔同于1863年呈送沙龙的《穿着斗牛士服装的维多琳》和《穿着马约戏服的青年》。那是我驻足上千次的厅堂，累计我凝视这两幅画的时间（带着钦佩与绝望），恐怕得有好几天。

法国厅长廊还挂着勒帕热那幅巨大的《聆听圣音的圣女贞德》，何等虔敬而美丽——1978年春，勒帕热的《垛草》曾与《法国十九世纪农村风景画展》来到京沪，惊动所有中国画家——但每次瞻观这位出神的少女和她周围正在暮霭中的草木（画得太好了），我的景仰的凝视从未超过五分钟。

就在这幅画对过，是本书着墨甚多的梅索尼埃的大画，描绘法军骑兵冲锋陷阵。美国不易见到他精美绝伦的小画（小得就像一本书）。和勒帕热一样，他也是使我犯难的画家：难以企及的精妙、委婉、细腻，但我会毫不犹豫地说，那是伟大的"能品"，而隔壁的马奈，那个终生对卡巴内尔忿忿不平的家伙，件件是逸品与神品。

当年他们住在同一座城，为入选同一个沙龙展备受煎熬，同一群权威与观众对他们行使断然的取弃，同一群画商抬举、拒绝，或者以低价成批买进他们当时无人问津的画……顶顶重要的是：他们的苦修来自同一个庞大而谨严的训练（想想那独自过夜的隔间吧），他们的美学纲领上溯邻国意大利的文艺复兴大匠师，并由共同的法国绘画祖宗普桑与大卫，定了基调。

本书详尽梳理了这几拨画家的谱系。前面引述的名字顺序，一定是错的，因为在马萧的叙述中——历历可指而令人晕眩——我还是弄不清谁是谁的老师或学生，谁出身于美术学院，谁仅在私人画室短期逗留，谁曾被沙龙拒绝，或竟拒绝了沙龙，谁在印象派闹事的同期依然信守远自罗马的绘画原则，谁在近东题材、现实主义与自然主义之间，为印象派闯开了新的空间，历史画、肖像画、裸体画的传统因此被小心翼翼地更新，谁的风景画或静物画，最终赢得前此不被关注的位置……

而马萧笔下的生态场远比我们想象得更复杂、更壮观：历任皇帝与政府如何掌控并疏导绘画的流变，相沿承袭的法国文化部、美术部、美术学院、美术协会、美术评论，如何历经微妙或剧烈的变更，而老牌的画商与新贵藏家，又如何支配了每年多于五千件送选作品的销路……

令我吃惊的是，几乎所有前述名单的佼佼者（声誉和职衔堪比国家英雄），全都以十五世纪的意大利人为楷模，梦想得到公共建筑的壁画订件。我总算明白，巴黎无数老殿堂的穹顶和四壁，是谁，在什么年代，因为什么理由，历经何种挫折与机会，绘制了那些不再震撼现代人的宏伟壁画。

与书名相违，除了开篇，本书鲜少出现印象派诸家的身影。在马萧忠实到近乎繁琐的叙述中，简单说，十九世纪法国绘画主潮，没印象派的事。情形变得诡谲而明确：在我们今天大而化之的历史回望中——这回望的集体眼光，与当年沙龙审查官同样势利——法国绘画只剩印象派。

当年没人梦想这份结果，一如今天没人关心印象派的周围到底发生了什么——太多事情发生了。太多的画作（可能是印象派全部作品的上百倍）被扔在哪里？我真想知道，原属拿破仑三世的《维纳斯的诞生》如何辗转，被美国人买走，如今挂在大都会美术馆的次要墙面？我听说，大约二十年前，法国曾为久经封尘的沙龙绘画举办专展。杜尚有言："每过三四十年，人们会自动为被遗忘的艺术家平反。"平什么反？且这一平反周期早已度越了好几个三四十年。至于详说沙龙绘画何以过时，印象派绘画何以永久，恐怕还得另写一本，甚至十余本书。

为什么呢，马萧此书意在指陈：十九世纪法国绘画的焦点、核心、渊薮，乃是学院教育。由今天看来，学院，是保守陈旧的同义词，但在安格尔与盖兰一代，创建于普桑而鼎革于大卫时期的艺术学院，是欧洲艺术教育首度完善的机制，被视为全新而且全能。从乔托到拉斐尔，卡拉瓦乔到普桑，欧洲艺术的传承之链大致是师徒制、作坊制、同业行会制——艺术而有学院，学院而有考试，考试而能出头，十九世纪的艺术家从此面对一段启始未久的陌生历史：向未来的艺术做出承诺、给出希望的历史（同期，法国大革命与拿破仑使法兰西成为欧洲最强大的帝国）。

后来呢，后来的情形也没人能够预料：从安格尔到梵高——甚至毕加索——的上百年，巴黎上演了欧洲艺术从未出现过的文化剧情，这剧情，体现为艺术与艺术家之间如何紧张，同时如何共生的关系。这关系，在本书中，距焦艺术学院。

要之：印象派渴望被沙龙接纳，不是要捣毁学院——那是二十世纪初达达群体与超现实主义快乐叫嚣的戏言，马奈与莫奈绝非学院的逆种，而是，绝妙的胎变。

这是马萧起意成书的初衷吗？此刻我又想起毕加索的话。当他于1955年说出这番意思，欧美学院艺术早经衰颓，但毕加索的起点衔接印象派尾端，他仍然记得自己青年时代，学院艺术对他日后远远超越的印象派，意味着什么：

> 眼下的问题是，根本没有强有力的学院艺术值得
> 与之抗争。也许可以说，学院艺术已经奄奄一息，而

这对现代艺术是很不利的。原则即便糟糕之至，也该制定原则，艺术有没有力量的佐证，就在于它能否冲破种种障碍。

本书确乎再现了层层包围印象派的重重障碍——多么璀璨而丰厚的障碍啊！马萧在书首选印了三位代表人物梅索尼埃、热罗姆、卡巴内尔的照片，他们正是马奈及其同伙们咬牙切齿而无可奈何的"障碍"，换句话说，印象派同志持续挑衅而终于冲破的，正是这些占据沙龙的庞然大物。而本书试着令我们相信，我们也应该相信：是这三位已经被历史淡忘的男人（包括前述名单中的所有大画家），诱发、催生并玉成了马奈为首的印象派。

眼下马萧仍是学院中人，他以他的学位论文竭力复原了我们的异国先祖：法兰西美术学院大谱系。他使我重新看取我曾竭力攻击的中国学院教育。我的意思是什么呢？且慢，还请诸位先来阅读这本内容翔实、富有趣味的书。

2017 年 4 月 30 日写在北京

苏州美专与沧浪亭 [*]

吴地自古出画家。单说二十世纪现代美术的四位奠基者，除了林风眠是粤人，徐悲鸿、刘海粟、颜文樑，都是苏南人。

早于这四位，留日的李叔同也是修习西洋画的先驱，而同是留学法兰西的徐、刘、颜、林，论业绩、论影响，究竟大得多。二十世纪三十年代，徐悲鸿出掌国立中央大学艺术系，林风眠任杭州艺专院长，刘海粟留法前创办上海美专，颜文樑回国后营建了苏州美专。虽则同期前后另有几所美术学校，但若是没有这四位宗师，中国的现代美术，不可想象。

---

* 此篇应苏州美术馆邀约，为苏州美术馆与沧浪亭合并典礼而写。

四位宗师的画路、主张、性格，都不同，留给后人的印象与谈资，自亦迥异。徐、刘、林三位，大抵英雄人格，天然做成某一门派的领袖人物，各有场域和门生，唯颜文樑最是老实谦和，终生耿耿于教席与绘事。近百年过去了，徐、刘、林三位留下不少传奇与轶闻，颜文樑先生，却很少有人记得他、纪念他。

余生也晚，这四位宗师，我仅得拜见而讨教过的，便是颜文樑先生。我私心偏爱的前辈，也是他，倒不因为我曾见过这位慈蔼的老人，而是世纪风云皆尽流散之后，论及画家的人格，最是憨孛耿介的油画画痴，实在是颜文樑先生——四位留法前辈中，唯有他的晚岁不玩弄水墨，仍在画油画。

刘海粟、林风眠，算是取了后印象派与野兽派一脉，与中国文人画的余绪，略经搅拌，有所创发，后半生以中国画工具作画，几乎放弃了油画。徐悲鸿、颜文樑二位，则取十九世纪欧洲经院传统，给后世的传递研修，垫了底子。徐悲鸿的素描与造型，早有公论，颜先生侧重探究西洋画色彩谱系，就第一代留洋前辈的各所侧重而看，他于欧人油画色彩的理解、遵从，最为潜沉而专一。

国中学院派历来解析西洋画的胜擅，多从素描造型入论，油画的色彩，及色彩与光照、与物体的无穷关系，总嫌谈得不够深、不够透。颜先生独属意于这一层，在苏州美专期间写成色彩专论，流布甚广。我少年时失学而习画，自朋友处借得颜先生论油画色彩的小书，及今回想，是最为恳切的西洋画色彩理论著作，之后几代画家论家不知写有多少色彩专书，均不及颜先生那薄薄的一册。

但我当年的习画全是受苏联油画影响，民国一代自欧陆取来的真经，已失语境，乏人问津了。我虽从他的书中得到启示，但并未真正懂得，日后去了国外，久看真迹，这才渐渐悟到各时期西洋画的经久魅力，实在是色彩赋予物体的质地与光辉。新世纪归国，眼见各学院教学的色彩环节普遍荒败，近时又看颜先生大量画作，这才明白当初颜先生于欧陆油画的理解，十二分确当而周正。

可惜颜先生的实践，因政治运动与本土条件的种种干扰限制，未获展开、提升、传递，眼下几代油画家，几乎没有颜先生的真传人。他于色彩的真知灼见，被荒弃，此所以中国的油画迄无得到长足的滋养，近三十年，又以同样的轻妄，急于事功，转向所谓现代艺术了。

民国一代的美术教学，今已完全失效。当年鼎足而四的几所美专，六十多年来也遭遇几番变故——1946 年徐悲鸿接掌的北平艺专，后易名为中央美术学院，1995 年被迫迁离王府井校尉营胡同原址；1928 年创建的国立艺术院，几度更名，二十世纪五十年代也被驱离西湖原址；1912 年开办的上海美专（初名上海图画美术院）、1922 年颜文樑创建的苏州美专（初名苏州美术学校），则于二十世纪五十年代初被迫停办，"合并"到南京艺术学院，上海美专原址成为居民楼，面目全非。

至于四所学校的故址，今天只剩了颜先生的苏州美专，为苏州市善待，辟为美术馆。我虽闻知早先有过一所苏州美专，直到 1998 年造访苏州，才在沧浪亭侧亲眼看见美专故址，好生惊异，翌年写成怀念颜先生的小文，其中说道：

> 出亭侧，即是全部石质的苏州美专故址，外观竟不见毁损，廊柱、破风、拱顶，如我在意大利所见罗马建筑，望之令人惊：中国有过这等堂皇的美术学院！便是在今之欧美，苏州美专故址也堪属高等，一派风流。国中目下的美术学院纷纷效颦时尚，翻造一新，看去伧俗艳陋，毫无艺术的品性。民国初年的西化，一板一眼，实在是诚实、认真、像样的。

苏州，何其古雅的城市，而有这般古雅的艺专，是因当年这座城出了颜先生这般古雅而新派的人。说来罪孽，我辈，晚辈，对苏州美专几乎无知：美专为何年所建？由颜先生亲自选定样式，还是请专人设计？设计者、施工者是谁？苏州美专的教学往事是否有完整翔实的记述？是否有当年师生的相关回忆？我全然不知。

新世纪初，在上海友人处看见一册陈旧的小书，竟是二十世纪三十年代苏州美专某届毕业生的纪念册，用纸考究，式样斯文，双页左右刊印着某位学生的简介及其选作，有黑白，有彩印，与我在欧美见到的战前学院小册子一模一样。我记忆中的颜先生，是颤巍巍的老人，可是这本小册子，立时让我想见正当年华的美专校长颜文樑：以他毕生恭谨而天真的画路，他亦当以同样的天真与恭谨，从事教学。

今夏承苏州美术馆馆长曹俊见访，告以苏州沧浪亭当年即是美专的校园，今苏州市政府拟将这著名的庭园与美专故址合二为一，归复当年的原样。我听了这消息，好似自己考上了苏州美专——俱往矣。今美专故址与沧浪亭得以重修旧好，何等功德。谨以这篇小文，感念苏州美专老校长颜文樑，并谢谢苏州市的美意。

2014 年 8 月 25 日写在北京

向张光宇先生致敬

序唐薇《追寻张光宇》

　　张光宇先生逝世，到明年，将达半个世纪了。百年中国新美术运动诸位开山人物，大抵名重至今，隔代的影响，也还可寻，其中，不应遗忘而久被遗忘，早该研究而乏人问津者，是张光宇先生。

　　远至二十世纪五十年代，中国现代美术史的专著专文，版本不可谓不多，分类不可谓不细，而各路史家笔下，鲜见提及张光宇先生，甚或没有他的名字。

　　工艺美术界诸老如张仃、祝大年、庞薰琹、叶浅予、黄永玉、袁运甫……固然对光宇先生礼敬有加，公推为前驱、师尊、大兄长；工艺美术专史，也还见光宇先生的若干记述。惜乎以上群体历来所属的那么一项"类"，越六十多年，仍好比国中美术架构的"侧室"，史论叙述的"偏房"。

"工艺美术"一词，似是而非，似大而小，相对所谓"国画""油画""雕刻"，长期附丽于所谓高雅美术之"化外"。光宇先生的美学实践——商业广告、市民杂志、书刊装帧、影画动漫等——因此而不能得到准确的认知。遗忘张光宇，非仅轻忽个人的成就，而是对百年新兴美术的一大脉络、一大功能，失之偏见，或竟置若罔闻。

　　二十世纪五十年代，光宇先生北上就任教授，如龙之离海，无以弄潮，惜乎久病而早逝；而外界的变化，整个颠覆了他早年驰骋的文化空间，他成就的种种业绩，在日后"工艺美术"系统中，持续变质、贬值、受限、萎顿，其中若干项目，变相取消。工艺美术的教育及其功能，则先后沦为技术的、平庸的、低端的行业。

　　失去上海的张光宇先生，失去张光宇及其同僚的上海——上世纪二三十年代那个全新的、自主的、与现代世界传播文化相呼应的上海——相偕消殒。此后数十年，上海成为封闭性城市，自外于国际视野，经光宇先生培育的现代美术文脉，荡然无存。

　　八十年代，工艺美术精英起衰振弊，以机场壁画破局，带动"文革"后整个美术界的再出发，并迅速接通世界讯息，大规模拓展公共美术领域，论机遇、论条件，实属百年未见的有为空间，而论创作与精神的自主、自由、自在，则今日表象繁荣的商业美术——而非所谓工艺美术——仍未超越光宇先生所曾点染的上海时期，也难比拟当年上海滩所见证的张光宇时代。

* * *

评断光宇先生，难在归类，归类之难，难在称谓。半世纪来，美术界流行着种种似是而非的词语，以之分主次，以之行贬褒。

五十年代，光宇先生及其同僚被称为"工艺美术家"，原属不伦之称；民国时期，光宇先生在上海所染指而影响的项目，委实太多，单取一端，定义为"工艺美术"，是小看了光宇先生，也小看了当年的上海文化。

光宇先生是装饰艺术家？

他在出道之初，即身兼广告、海报、书籍装帧、杂志美编的策划与市场发行，展开现代美术门类的多功能实践。所谓装饰艺术之于光宇先生，并非止于平面纸媒，举凡现代实用美术，如家私、器物、用品、商标、包装、版面，均在其列。

光宇先生是动漫画家？

早在民国时期，光宇先生即有志于电影动画而未竟其志。仅以留存的《西游漫记》稿本看，其想象力（包括造型设计）便已望见今之美日加澳诸国的全息动漫远景。

光宇先生是连环画家与插图家？

那是迥然独异的图画，不可视为日后职业画手的插图与连环画，而近于毕加索、马蒂斯当年为波德莱尔与梅里美诗集之所作。他的《林冲》系列，活用立体主义原理，切割构局，又提炼明清木版画的图式和人物造型，为连环画史所仅见。

光宇先生是漫画家？

诚然。漫画贯穿了他的早期中期创作生涯，是民族的、大众的、进步的——他的声援抗战的作品，直追当时欧美同盟国同类宣传的观念与水准——也是民间的、诗性的、游戏的。他笔下的市民的活泼、农夫村姑的野趣，可能是中国现代美术小品中最可喜的奇葩，五十年代遭禁绝；与之同期活跃于沪上的万籁鸣、陆志庠等，也被悉数遗忘。

光宇先生的绘画"基础"如何？

他的素描与水彩画，质朴、平正、清新。不知是在怎样的闲暇时刻，他放下无所不及的变形能量，成为中规中矩的写生画家，其功力与品质绝不在当年留欧名家之下，他的白描人物画尤在同期新国画高手之上，所谓"纯画家"，光宇先生当之无愧。

"毕加索加城隍庙"——抑或"城隍庙加毕加索"——是高度概括光宇先生的传神之语，此语指向明清民间美术与欧洲现代主义资源，二者相加，民国新上海的文化，灿然可见。

光宇先生何以重要？他究竟是哪一类"艺术家"？我们需要更宏大的视角、更确切的词语。倘若百年新美术的主干被粗分为西画（包括雕刻）与国画两端——日后虽次第分化出所谓"当代艺术"或"水墨实验"——当初光宇先生所开创的类项与局面，适可在以上分类中，鼎足而三。

这是国画西画之外的"第三条"路向吗？什么路向？准确而概要的诠释，仍遭遇词语之难。"工艺美术""实用美术"，可以是行业的泛称，针对光宇先生，则是致命的消解；"大美术"之说，指称过于宽泛；"公共美术"之说，功能具体了，位置也高，惜乎仍属"曲说"，揆诸光宇先生当年上海事业的真价值，尚欠点破而说穿。

评断光宇先生，绕来绕去，迄今难脱以上词语，而一词之别，一词之失，可以是历史的勃兴，也可以是历史的冤案。

＊＊＊

西欧二十世纪"现代艺术"的种种演变与破局，并非仅指绘画的美学层面，更在重新定义"艺术"，借以拓展新的功能。功能所指，乃对应西欧诸国一战前后日渐抬头的民主意识与市场需求，其首要，旨在创建现代都市的新文化。

譬如海报插画一端，劳特累克、博纳尔、毕加索、马蒂斯，均曾染指，与当时的先锋戏剧和早期实验电影人，合作无间，是巴黎进入现代生活的见证，日后本雅明撰文解析巴黎的游荡空间，即布满了初期前卫艺术家搅动一时的商业美术。

同期，更前卫的一支自称"业余画家"，如毕卡比亚，其图式实与海报无间；杜尚，原事插图，也画油画，之后是西方第一位弃绝绘画的大人物。达达群体标举"反绘画"观念，引入多种材料，如钢铁、玻璃、影像、唱片、播音、书籍……发表场所常在酒吧、工厂、商店、仓库，颠覆了传统展示空间。二战后美国勃兴的前卫艺术运动，莫不得益于这场提前的革命。

二十世纪初的苏俄政权（包括部分东欧国家）一度裹挟前卫艺术，是欧陆现代艺术的另一极，参与者身份驳杂：塔特林是建筑家，马列维奇和马雅可夫斯基是苏共党员，早期革命宣传画作者均为左翼。同期，德国表现主义要角率半画过先锋戏剧海报，不消说，德国的包豪斯学院、捷克人开启的 Art Nouveau，均为奠定欧陆现代艺术的要项。

民主时代的世俗景观必寻找新的视觉符号，无可选择的，这符号来自商业广告，而传统的商业艺术，随之刷新。六十年代英美催生波普艺术，是为新纪元：高雅艺术与商业艺术的传统鸿沟，始告消融而弥合，早期现代主义残余的"画家"意识，被安迪·沃霍尔（他也是商业插图画家出身）打破，利希藤斯坦、罗森伯格、贾斯伯·琼斯，均取材美国画报与各种商业产品。

此后三十多年，商业艺术的种种门类——时尚、工艺、建筑、平面设计、摄影、影视、动漫——相率植入后现代艺术版图：不是为高雅艺术所接纳，而是反过来，重新塑造了当代雅文化景观。今天，一个自外于商业时尚的当代艺术，是不可思议的，所谓"实验艺术"为商业美术输送观念的时代，早经过去，各路观念艺术家在商业时尚美术中寻求启示，汲取灵感，蔚为新的时尚。

过去五十年的重要艺术家，充斥空间设计与平面设计人、摄影人、影视人、卡通制作人和发行人。后现代艺术的另一标志，是美术馆功能转换与全方位介入：八十年代迄今，欧美重要现代美术馆相率设立时尚专馆、设计专馆、影像专馆。艺术，再也不是画家、雕刻家的专属，而是以任何媒介经由市场而表达创意的人。

艺术教育随之变异。当中国画家对"纯绘画""纯艺术"在欧美学院的日益萎缩备感失落（巴黎美术学院于上世纪九十年代撤除最后一个传统画室），乃因我们的宿见滞限于"纯绘画"，不愿看见绘画的周围发生了什么，不懂得什么是真正的"现代"，一如我们近乎无知地掠过光宇先生的世界，刻意搜索"纯艺术"——"纯艺术"，是一个倨傲而陈腐的词，一个当代艺术莫须有的幻象。

* * *

欧美百年现代艺术的演化，不止一端，趋势则一，即雅界与俗界、艺术与商业、绘画与非绘画，早已不存泾渭之别、高下之争——若分高下，端看有无天才。中国百年新美术的一动一静，无非为西风所波及，本土的所谓当代艺术今也总算粗呈表象的多元，然而略看域外和本土，对照之下，评价光宇先生的难，便有答案在。

要之：一部现代艺术史，"纯绘画"是被恰当边缘的过程，而在中国，"纯绘画"仍然是长期凝固而无度扩张的美学；欧美现当代艺术的一变再变，其内里，或可探讨学理，其明面，则是现代文明的水到渠成，以市场为资源，引社会共参与，而在中国，则一面仍为粉饰所用，一面，是画家的各自取利：近三十年的美术繁荣，是学院、画家与高端市场的繁荣，半个多世纪号称"艺术为人民服务"，今日局面，仍如王朔所言："老百姓这一块，没有美术。"

是故，明了现代艺术的变异，光宇先生的真价值，于是顺理成章；而光宇先生的被湮没，则以中国的现状看，也便顺理成章。

为什么呢？在中国，仅"工艺美术"一词即可辱没而轻忽光宇先生——喜爱光宇先生的少数，也视其为卓越的动漫或装饰画家——光宇先生画过什么油画大创作？没有；他的水墨贡献是什么？也没有。这在中国可是到了顶的标准啊，倘若没有，光宇先生凭什么重要？

此即词语——亦即观念——的冤案，经数十年朗朗上口，显示一件事：我们不了解何为"现代"，我们尚未进入"现代"。

然而我们有本土油画的祖宗（客气的评价：几代油画至今不曾走出十九世纪），有许多"一级国画画师"（不必客气了：全部相加，岂可与宋元明清项背而望）——真的现代艺术，真的前卫，有过吗？有过，但视而不见，那就是光宇先生八十多年前做的事。

光宇先生出道，适在上海成长为远东第一现代都市的当口。他十五岁去新舞台剧场学画布景，十八岁入《世界画报》学画插图，二十岁在南洋烟草公司做广告，之后，自办画报，偏向左翼——左翼，即当年的先锋文化。二十七岁，光宇先生进入英美烟草公司从事商业美术。此即光宇先生与新上海的共生关系。

相较当年留洋前辈与十九世纪的关系，新国画家与古典传统的关系，光宇先生的履历与实践，先已构成"现代"。倘若他出洋学油画或志在国画，反倒与"现代"无缘，而那时的上海的摩登行业，同步追慕巴黎、伦敦、布拉格、纽约——所谓"欧风美雨"，此之谓也。故此光宇先生一步抵达"现代"，不靠学问与学历，而是地利与天时。

他不必知道当时的杜尚、日后的沃霍尔，都是画插图出身，他也不必出洋考察现代艺术的前线，因上海便是他的前卫阵地。民间美术资源之于光宇先生，也并非依傍民族文化立场，而是市场的需求：他为京剧操弄机关布景，如梅兰芳一样，是将旧京剧带入新舞台，吸引视听；他设计海报必要多方采撷传统符号，以便当时的市民喜见而认同。一个清末民初在江南长大的孩子，"城隍庙"美学自是源头活水，不请自来。

故而光宇先生的谋生学艺、自办媒体，初始即凭遇山开路的泼辣、活色生香的直觉，与张元济、王云五一样，光宇先生也是中国现代纸媒与出版业的前驱。清末民初，尤其三十年代的上海,视觉资讯与英美欧陆同步,前年"百雅轩"展示光宇先生设计出版的大量书籍、杂志、海报、题图、包装、礼品……与今日纽约现代美术馆收藏的早期先锋设计,如出一辙——他不是在学西洋(与留洋一辈相比),他不是要做逆子(与新国画前辈相比),他是上海滩头的弄潮儿,潮头所向,潮头所及,总有创意在——他的创意,就是当年商业美术的潮。

其时上海如何摩登,上海未必自觉——那是顶好的状态——《良友》的创刊,比美国《生活》杂志早了十年,上海是好莱坞文化的东亚码头,当年东京人要看应时的好莱坞电影,须跨海来到上海。

三十年代光宇先生的左右逢源,也未必自觉——那是顶好的状态——他以自己的摄影肖像连排并置,不过是看了美国画报,自己玩玩,无意间比安迪·沃霍尔的图像并置早了二十多年;他弄动漫时,正值美国华纳·迪士尼乐园的草创期,美国卡通自出好画手,但他们哪如光宇先生多面、样样出色。日本的动漫业算得早,到宫崎骏,也比光宇先生晚了三四十年。宫崎骏自有他的天时地利,而论花样百出而门类之广,也不及光宇先生的全能之才。

而光宇先生到底不及迪士尼与宫崎骏。他前卫得太早,上海的黄金岁月又嫌太短,及后抗战、内战,虽光宇先生创作不辍，究竟身处乱世。论地位，光宇先生当教授，属明升暗降，论事业，则属明褒而实贬。此后他弄了壁画，还为动画片做准备，但和上海时期比，个中滋味，他应该知道。当时所有民国名流大抵自保，就此萎谢，不再有重要的作为。

* * *

张光宇先生的现代性、前卫性，已如上述。但光宇先生的真价值、真贡献，一语道破，应在中国现代商业美术。

然而"商业美术"一词，在中国美术积重难返的陈旧观念下，仍难奏效，甚或犯忌，即便工艺美术界内部，怕也不易接受以"商业美术"一词而定义张光宇先生。是故，光宇先生的冤案非仅在他个人，而在整个商业美术。在未能寻获更为妥帖、更便于接受的词语之前，以下陈述，仍用"商业美术"一词，

中国人，原极擅经商，而儒文化从来贬抑"商"字（迟至民国，钱穆即曾以"为富不仁"一词概括《资本论》要点）。国有化体制建立后，民商遭遇史无前例的禁止，其是非，今已无需辩难——眼前国家崛起，说是改革开放也罢，市场经济也罢，近三十年波澜，无非是为商业正名。

民国上海的发迹，起于殖民。殖民，乃有中国商业的现代化，现代商业美术，于焉诞生。五十年代后，"商业美术"一词偃息，代以行政化词语"工艺美术"，回避"商业"二字，出语即在下风，而竟沿用至今。是故对光宇先生再做如何高明的评价，仍是永难出头——国画、油画，画得再俗再滥，只因一词之别，即告风雅——此何以眼下的商业美术与世界观念难以接通，而各地商业美术与张光宇时代，判然有别。

要之，商业美术，亟待正名。

今日的广告业、时尚业、出版业、日用器物设计、奢侈品设计、室内环境设计，乃至城市规划设计，等等，统统归属"商业美术"。改革开放后，袁运甫乃有"大美术"之说，实指此意，"实用美术"说，尤指此意；"实用"者何？需求与市场而已，唯不便说破，故而"商业"虽已正名，"商业美术"之在美术界，仍归贬义词。

于是有大悖论。目前中国的商业美术，论商机，自古无有；论市场，羡煞欧美；论规模，远胜当年的上海；论技术与设备，不让先进国家；论教育，全国学院增设空前数量的相关科系；论人才，则年年毕业的商业美术生，成千上万——这都是中国现代化转型的福音，更是商业美术的正能量，而"商业美术"之在美术界，仍归贬义。

商业美术的真功能，实指最大范围的全民"美育"。欧美现当代艺术的大趋势，即商业与美术无间，惠及全社会审美景观。此一景观，曾在民国上海短暂实现，虽是半自觉的（因当时的文化转型尚在初级阶段），却是天然的（因上海的西化与明清世俗与民间传统，两不相隔）。

再者，商业美术兴盛之地、兴盛之时，社会大众必得分享：光宇先生的大市场与受益者，是千千万万都市青年及平民家庭。此所以二十世纪三十年代是上海最美观最摩登的时光。没有蓬勃清新的商业美术，民国上海不可想象。鲁迅倡导的左翼木刻，号称"普罗美术"，其实真正的大众艺术，真正的市民艺术，是被抹煞被遗忘的张光宇时代。

而今商业美术不得正名，唯服务商家，只有市场的份：这样的社会，摩登不起来，更难成熟。今之京沪到处高端时尚广告，而平民仍然土气；时尚杂志不可谓不多，没有一份市民争看的《良友》；遍数当今商业美术的品牌与名家，名实难符，略可看者，或进口，或盗版，良性模仿、恶性挪用而已。

再看铺天盖地的书刊，则豪华版设计过度，平装版不堪一顾，比之民国三十年代的水准，技术大幅度进步，美学大幅度退步，已是有目共睹，同期，却又是商业美术大兴、市场需求暴增，于是有大悖论。

未经正名的行业，难有活力，难出大人才。故中国的稀奇之事，是身价亿万的广告人、设计人，依然在纯艺术家面前，心存自卑。相比欧美同类，中国的雅艺术，对商业美术无知无能，对社会的审美，了无贡献——那是弄雅成俗的圈子，而昔年光宇先生手到之处，在在弄俗成雅。一个雅俗错置、雅俗不辨的美术界，唯见触目的乖张而平庸。

要之，今日的商业美术得尽天时而无地利，没有一座城市形成民国上海的大美学，今日上海的经济飞升而文艺没落，是有地利而欠人和，今商业美术家何止旧上海百千倍，然而没有张光宇那样的人。

凡事必有正负的对应：商业美术平庸而被动，雅艺术、当代艺术，也必被动而平庸。高明者如蔡国强（舞台美术出身），施展空间多在域外；境内当代艺术佼佼者纵有种种热闹，顺不到商业美术的大市场，起不到商业美术的大功用，商业美术，亦必滞后而不前——除了光宇先生的上海时期。

光宇先生的艺术，其实过时了，一如欧美日本一战二战前后的商业美学，都过时了：人家过时，因不断跟来新的"时"，我们这里过时，是为断层。今日的商业美术只作客户之想，行业再庞大、条件再优异，终究没有魂灵。

这样的商业美术，何曾梦见张光宇自主其事、自得其乐的社会理想——光宇先生是中国动漫艺术前驱，此后的中国却不出迪士尼和宫崎骏；光宇先生念兹在兹的动画片，结果花木兰大熊猫之类，给北美的团队弄出来，中国孩子都爱看。

这是大问题，这是大荒谬。中国的孩子十九迷恋日本美国的卡通画、卡通片，不晓得中国有过张光宇；沪上曾经鲜蹦活跳的商业美术，如今也只剩美术界唯利是图的商业化，而不见优异新创的商业美术——这是大荒谬，这是大问题。

＊ ＊ ＊

鉴往知今，鉴今而知往，光宇先生不该再被视为伟大的装饰画家。中国商业美术的正名之途，首在为光宇先生追加商业美术之名，而中国商业美术的提升之道，难在如光宇先生那般，弄俗成雅，弄雅而济俗。光宇先生何以做到？光宇先生在怎样的时代，能够做到？今唐薇女史写成煌煌大著《追寻张光宇》，是半世纪以来为张光宇正声的第一部。"商业美术"，或许不是该书的鲜明主题，然细读全篇，呼之欲出。

这是一册向张光宇生平的致敬之作，本文所及，不及此书万一，唯向唐薇女史积十数载的工作，聊致敬意，唯愿当代有志于商业美术的人士，阅读这本书。

2014 年 6 月 14 日写在北京

永垂不朽《流民图》[*]

二十世纪中国最伟大的人物画，是蒋兆和先生的《流民图》。自民国到今天的著名人物群像画，包括国画和油画，我想不出另一件作品可与《流民图》接近而并论，故说"最伟大"，其实不确：《流民图》是一件孤立的作品，卓越而黯然——这是我的偏见，不必求得他人的同意。

徐悲鸿先生的《田横五百士》，固然无可替代，然究属习染西欧历史画的初作，难予苛求。其时，遍中国尚未出现巨幅油画群像，《田横五百士》诚属本土历史画开山之作。

《流民图》问世较《田横五百士》略迟数年，虽然蒋

_*　此篇应老同学、美术史家刘曦林嘱托而作。

先生曾就教于徐悲鸿两年,但《流民图》与徐悲鸿的路数,难有清晰可循的对应。工具的差异,在其次,造型的西化,也在其次,可惊叹者,是《流民图》一出手便是完满的、成熟的,自足自洽,无可商量,具备一份经典所能站稳的重量。就蒋兆和承续的综合影响而言,我看不出《流民图》此前的来路,周围的资源——除了才华。

这是突然降临的高度,有如意外,且成为绝响。

五十年代引入苏联大型人物群像画,中国随即出现越来越多的革命画、历史画,今称"主旋律"创作。我不想将之全部说成是政治宣传,我也至今感佩罗工柳、董希文、王式廓、高虹、何孔德。眼下仍在批量炮制的所谓主题画,技术多有进步,论激情,论分量,则没有一件哪怕稍稍接近以上几位前辈自四十到六十年代的代表作。但我确定,以上成就不可与《流民图》比肩。

谈论《流民图》,是一份困难。这困难,并不因其语义复杂,而在画作本身的说服力。就绘画的绝对价值而言——"绝对"一词,似嫌言重——《流民图》的说服力很难在本土作品中寻获等量齐观的例子,唯在欧洲经典中,可资观照。

这幅画所投射的绝望、悲剧性、死亡感,如《圣经》的片段,上追文艺复兴初期的宗教壁画;逾百位画面人物的组合纠结而能各在其位、各呈其态，便在欧陆亦属一流；画中每一人物的面相、种姓、神态、气质，高度准确——不是"准确"，而是"如其所是"——堪与委拉斯贵支的《侏儒》系列、伦勃朗的自画像相媲美；而《流民图》的道德力量、心理深度、历史分量，与列宾、苏里科夫、珂勒惠支，同属一支；整幅长卷从容而深沉的叙述性，令我想起俄罗斯文学的延绵而厚重；论及一位艺术家在沦陷期间所能做出的强悍回应，《流民图》超过毕加索的《格尔尼卡》，而《流民图》成稿期间的政治语境，远较《格尔尼卡》危险而艰难。

五十年代《流民图》在苏联展出，彼邦同行在画前鼓掌致敬，称蒋兆和先生是"中国的伦勃朗"。这一譬喻，说对一半。伦勃朗生于巴洛克盛期，本邦与邻国，群星灿烂，而中国现代美术尚在牙牙学语之时，出《流民图》而竟独在众人之上、之外，可谓奇迹。

伴随《流民图》的孤立感，若干话题有待展开。

七十年代末在北京就学时，曾听国画家议论，说《流民图》固然好，但只是用水墨画素描，不是"国画"，不接"传统"。诚然。自西式素描及其造型观移入水墨，中国传统美学遭遇无可挽回的扭曲（对素描的曲解，同样是中国油画的灾难），迄今，以西式素描入于水墨的各种实践，不是好坏问题，而是丧失了传统美学的可能（此另一话题，姑不论）。

但我从未将《流民图》看作所谓"国画"，它的品质与高度，超越画种，足以自证。在蒋兆和的时代，清代以降的绘画道统大致仍在，而他并非标举新国画理念的一派（民国的新国画实践尚未走出传统文人画类的山水与花鸟，新人物画的滥觞，要到1949年后），我不认为蒋先生选择纸本与水墨，乃意在"国画"的新创——同理，他也没有选择"油画"——而是在他的天分与直觉间，意欲作成《流民图》。是故，追究《流民图》是否为"国画"，没有意义。

蒋先生的才，是描摹人物，蒋先生的志，是如实画出他所目击的真实。说他有志于国画，看低了他，说他是现实主义，框限了他。中国文艺高唱现实主义近百年，出过几件货真价实的作品？

蒋先生的有限言论，不涉新文化运动（包括美术）的宏大理念。他是质直的画人，没有名分，自学出身，早年是穷苦的学徒，远赴沪上从事工艺广告美术，他早年谋饭的生涯，包括画炭笔遗像，这一画类，向来为国中学院画家所轻视，其实，自古以来，中欧绘画半数以上的经典，全是"肖像订件"——此事大可追究。

无可置疑者，《流民图》把握人物的手法，与蒋先生在北京师从徐悲鸿学艺，至为相关，但此前的蒋先生并非初学的白丁。如徐悲鸿本人留洋前亦擅民间肖像订件，这两位天才的人物画童子功，并非西洋学院造型训练，而是根植于本土的工笔绣像画传统。这一传统远溯宋明，到了清代，欧美教会带进阴阳画法，即为中国画工参酌采用。撮其要，中外肖像订件的核心价值，即"酷肖"——今史论家殊少顾及并深论此一渊源——徐先生初习洋画而出手精准，天分与悟性之外，即是本土绣像画的根底。

　　蒋先生亦然。据美院老学生告诉我，五十年代蒋先生当堂演示，全无西洋画"轮廓方位在先、刻画细节在后"的套路，而是直接从眉眼鼻梁处下手，一路画成，几无改动。此即古人上千年累积的观看与手法——西欧匠师如荷尔拜因等作画手段，也无非如此。西洋所谓素描基础，不过造型法之一，迄今也未见得在中国作育怎样超然的水准（眼下考前班人像范画的巨细无靡，是素描的恶化与异化），而在中国西画教育的幼稚阶段，竟有蒋先生这等肖像画神手，诚属不可思议而理有固然。这"固然"，其一，是中国人原本即擅精准的肖像，不必假借西人的系统；再其一，则归之于蒋先生的天才。

　　酷肖，于蒋先生不是问题，而是起点。《流民图》人物个个有名有姓有身世，其生动的表象，兼具社会学、生理学、谱系学、遗传学，甚至地方志等密码，同时，画中人物俱为恐惧所统摄，合成沦陷的惨景。这等画境，非仅取决于造型之力，更在作者对人物与人性的理解，并以这精确而卓越的理解，驾驭想象力。

蒋先生盛年所作《与阿Q像》，是绝妙的范例。阿Q，乃确有其人而实无其人的文学典范，不少画家的阿Q像流于幻影，等同漫画，虽用意甚笃，而不解人；蒋先生的阿Q，卑贱与得意之状，猥琐而轻妄之心，跃然纸上，入骨三分。这是我所见阿Q形象的唯一写实作品，谁可曾见过阿Q，但蒋先生懂人，而此画又是唯一与原著（或曰：与鲁迅的想象）深度契合的写真，因蒋先生一如鲁迅，别具毒眼，看透人，而心中存有各种人的密码与范型——这是世界范围可数几位肖像画宗师的才具啊。

虽仅在徐先生门下两年，应该说，蒋先生的画工，决定性得益于徐悲鸿的素描教养，但以《流民图》全画的高难度把握，出手豪迈，几无败笔，却是百年来中国群像画最具野心的宏构，此前，此后，再也没有出现同等酷肖而传神的篇章。

《田横五百士》的形象，背后总有徐悲鸿在。罗工柳《毛主席在延安干部会议上作整风报告》的干部，王式廓《血衣》的农民，何孔德《出击之前》的志愿军战士，虽则形神俱佳，但每一人物莫不指向"革命"；而《流民图》中的人物，才是真人物，在大难濒死之际，个个是人物自己，不为"沦陷""苦难""挣扎"种种概念所吞没，而以不折不扣的"人脸"与"姿态"，转成绘画的经典感。全画百位大尺寸人物，生气逼人，每组人物的衔接，如波澜涌动，全画的起承转合，无可变更；每一次要人物，亦属经典；而几位点题角色予人的惊怵之感，俨然入于神圣——徐悲鸿所标举的"悲天悯人"之境，唯《流民图》做到了淋漓而尽致。

略可与之相较者，倒是徐悲鸿先生的《愚公移山》，也以西式素描入画，也纸本，沛然有阳刚之气，若论规模与深刻、难度与成熟，则逊《流民图》一筹。而《流民图》的真贡献，非仅民族受难的生命记录，扩大而言，漫长辉煌的中国绘画史，《流民图》是第一幅描绘战争创伤与家国落难的巨作：此亦大可深论。

中国的文学，如诗经，如《吊古战场文》，如杜甫的三吏三别，言及争战，感人至深，然多取侧写。绘画，是古昔唯一的图像传媒，而整部中国绘画史，没有祸乱的主题，更远避沦陷与死亡的真相。昔五胡乱华，元人入主中原，清兵的"扬州十日""嘉定三屠"，不曾见一件绘画稍作描绘——这样说，不是出于贬义，仅与西方美术史相较，实属中西文化的大异，长话不能短说。就绘画的主题与功能而言，二十世纪新文化运动之于绘画，确乎是革命性的。《流民图》是第一幅大规模描绘国家灾难与人间悲剧的巨制，因而无愧是中国现代美术的先锋作品。

而这先锋性，没有西洋绘画的观念与影响，不可想象。

二十世纪三十年代至延安时期，左翼木刻家假苏德影响而刻画抗争的小幅作品，质朴传神，多有力作，今也依旧耐看，远胜于五十年代后滥觞的革命画，然技能不免粗疏，创作意态则流于过度夸张而亢奋，已为日后的创作教条，设了伏笔。同情弱者，鼓吹抗争的艺术，贵在深沉，发乎内里，不可夹杂意识形态，此所以左翼的作品虽亦前卫，内质与分量，究竟有限。

抗战期间有一组小画，我至今不敢忘，是司徒乔所画的灾民速写，直追珂勒惠支的笔力，形象之生猛，简直是蒋先生《流民图》的草样。这组画同样不涉当时的左翼意识形态，发诸笔端之际，只是画家的直观、人心的怵动，惜乎毕竟是速写，《流民图》则是宏伟的史诗。

可贵者，是蒋先生独以内心的意志与大诚恳，摒弃任何概念，不虚拟些许希望，不鼓吹高亢的主张，唯忠实于满目灾像，直指生灵涂炭而天地间无可哀告的绝境。此不为当时国府所取，尤不入左翼的腔调，但真的受难，便是如此，战时万民的绝境，便是如此，真的死亡，更是如此，于是真的艺术，该当如此。珂勒惠支画工人的舍命暴动，也画败亡与收尸，晚年丧子后所作母子雕像系列，已是无言之境：这才叫做真的现实主义，不粉饰，不自欺，因大爱而绝望，而不止于绝望者，乃因大爱。

此亦《流民图》的魂灵。珂勒惠支如果望见，必引蒋先生为同道。

中国人向来受不了绝望之作，中国人大抵讨厌在艺术中，在一切言说中，撞见无所遮掩的真实。七八十年来，与蒋先生同代的若干同行诋毁质疑这幅画，不肯理解蒋先生——《流民图》于沦陷期间的成因，蒋先生与当时京城汉奸往还的嫌疑，早先略有所闻，虽未知其详，但我毫不关心：世间但有《流民图》在，我便只有尊敬而感激的份。目击几代前辈乖谬离奇的命运，我对所谓带有"历史问题"的人，早经看穿：这类政治公案常不在某人的所谓"历史问题"，而在世纪以来的中国历史与历史观。

感谢刘曦林先生亲撰长文，为蒋先生辩诬，为《流民图》正名，今总算得知此画的来历，对蒋先生只有更尊敬，对《流民图》只觉更痛惜。而在这等难缠的历史语境中，蒋先生居然画出血泪之作《流民图》，他在敌国与同胞间所历经的一切，他在沦陷时与解放后所隐忍的一切，直如负荆而行，背着自己的十字架。

苏联人在他的画前鼓掌致敬，而他在自己的家国是近乎有罪的人。刘文记载了《流民图》初展之时的民众的惊痛，也记录了八十年代后观众在这幅画前的热烈回应。是的，《流民图》不是奉"时代"之命所作，而是出于被煎熬的良知，画给民众看的，然而民众的声音——即《流民图》中受难者的父兄与后辈——从来没有地位，从来不是一件作品的衡准。

1979年前后，我头一次见到《流民图》真迹，地点，竟是在人民美术出版社。几个同行聊天之时，忽然，一位就职人美的同学从办公室取出《流民图》某一段——四五米长——当场在走廊里摊开，由众人伸手扶执着，轮流观看，全画陈旧憔悴，遍布裂痕……这是难以描述的一刻。其时"文革"结束才三年，万事尚呈纷乱之状，这样一件金贵的重典未经国家收藏，居然呈现在昏暗的走廊。

那年我二十来岁，才从粗野的生活中走出，懵然无知，在场者似也无人追究这幅画何以出现在这样的场合，唯惊异于画中逼人的气息，并未念及其他。

今读刘曦林长文，始知《流民图》于1959年被中国革命博物馆借展时，因被指为"调子太低"而撤展；"文革"翌年，又险些被销毁；直到 1979 年 9 月，中央美术学院做出结论并报请文化部党组批准，始获评定，称其为"现实主义的爱国主义作品"。那年，距《流民图》诞生的 1943 年，过去三十六年，蒋先生已是一位老人。

1979 年我在人美走廊目击的那一刻，正是《流民图》被长期封存后恍然面世的一瞬。至今我不确知那段残片何以出现在那里，但终于窥见此画的命运，得知一个受难的民族，一个战胜国，如此对待《流民图》。

此即所谓历史对危亡年代的记忆机制吗？此即艺术的真实之力所能招致的罪孽与荣光？从"反共卖国的大毒草"到"现实主义的爱国作品"，《流民图》问世于沦陷时代，敌国对此画如何先利用而后憎惧，不去说了，之后，《流民图》中的流民在哪里？他们以没顶之灾的代价，如鬼魂，进入蒋先生这幅画，岂料这幅画亦如鬼魂，在胜利后的漫长岁月间，背负罪名，几被销毁。

这才是真的灾难，难以战胜的灾难。迄今我们牢记对日的仇恨，但我们记得《流民图》中的流民吗？芸芸众生，今天几个人知道并在乎这幅画？又几个人尊敬蒋先生？

2014 年 9 月 9 日写在北京

时代的晕眩 [*]

五月杪，我在乌镇布置木心故居纪念馆，晨起散步，走去景区边留置的农田。田里是一捆捆刚收割的油菜花，好久好久没有闻到鲜草腥和着泥土香了。田垄将尽，两头牛沉甸甸地站着，怡然垂头，拂掠野草，像在啃噬的样子。

好多好多年没看见牛了。早先的上海郊区，随处可见水牛，去山区落户后，始知村里的壮夫才能役牛。那时的牛，肮脏而辛苦，拖着犁具，背后鸣着响鞭，所谓鞭子，即是细长的竹篾。那畜生屈腿扑倒了，农夫破口咒骂，朝它脊背面额密集劈打，它奋身站起，艰难举步，又复踉跄跌倒，在飞溅的泥浆里发出难听的哀嚎，四下是昼午的空

* 此篇应《南方人物周刊》出题而写。

山，赤日炎炎。

眼前这两头牛得了改革开放的福气，膘肥体壮，有如牛类的模特儿，供在江南风景里。我呆呆地看，想起远离农耕景象已四十多年了。

汉代画像砖拓片上的图案：割禾打稻、老牛犁田，当年我所落户的田园和西汉时代一模一样。后来又在高原目睹了游牧时代的生活，一头牦牛被大卸八块，有位彪悍的女子飞快地在五指关节点点戳戳，计算人数，平分牛肉：一万年前的人类便是这般计数吗？之后，围观的牧人默不作声捧回各自的一份，连皮带毛，凝着褐色的血。入夜，他们用腰刀缓缓割下生肉，恬静地咀嚼，凝望篝火。

《南方人物周刊》命题作文，要我对时代说些什么，这真是从何谈起。倒是两头生气勃勃的牛提醒我：六十年来，我身历好几个不同的时代。哪些时代呢，说是农耕游牧时代，可以的；说是工商时代、政治时代，也可以。但是人并不清楚自己活在怎样的时代，只是被裹挟，以为永将如此。当我瞧着赣南的老牛，认定终生会待在荒村，结果局势一变，知青出山返城；当我听惯纽约地铁的轰鸣，决定在这座城市终老，结果局势一变，我回到北京。如今的人，或也对时代的变局或盼或惧吧。

谁改变了时代，时代未必清楚。说是必然、偶然，大抵是事后的聪明。1982年远别京沪时，京沪何尝梦见三十年后自己的繁华；纽约，群厦森然，又岂梦见远远地有人正在策划袭击她：在我离开纽约的翌年，当着全世界的面，世贸中心双子座，轰然倒塌了。

人历经世变，时代也历经世变。近时读台湾散文家王鼎钧回忆录，他是抗战年代的山东流亡学生，熬到日寇投降之日，却是他最苦恼的时分：父老托人转告他，千万不要还乡，山东全境的九成地盘已被占领。日后他逃去台湾，移民纽约，到了七八十岁，详详细细写成四部回忆录，有如私人版的《战争与和平》。

在私人回忆录中，"时代"落实为故人、往事、旧地。王鼎钧的同学大致遗散，他写了上千封信，寻找他们；当年的流亡学校设在安徽阜阳，他写到登临阜阳古塔的那一天。近时巧遇两位来自阜阳的民工，问起那古塔，居然还在。

我也想念流浪的旧地，但没再回去。不回去，是为刻骨铭心的记忆不被更动吗？或如王鼎钧那般，只想存着记忆，以后写出来？那天，乌镇的两头牛仿佛在说：老兄，我就是你的记忆。

人怀念逝去的时代，其实在梦游自己的童年与少年。人又会借助上代的记忆，想象更早的岁月。当我沉迷于胡兰成、王鼎钧的私人野史，回到民国，自以为渐渐明白晚明、晚清的遗民。人带着旧时代的记忆进入新时代，时代一朝进入记忆，人恍然明白，时代早已远逝。

俗话说："形势比人强。"形势就是时代。时代不认识人，人轮不到对时代说话，说了，时代也不听。目下我们进入电脑与网购的时代，今后的机器人时代、复制人时代……都要来的。那天见到两头牛，忽发感慨，引作此文的启端，但我想说什么呢？我不知道。

2014 年 6 月 22 日

读柯迺柏的"心"*

四十年前，我混在金陵城对岸的江浦县，与当地书法家齐枝三先生相得，他的草书师承本乡老绅士林散之，每谈起，毕恭毕敬。后来有幸拜见寄居南京的林先生，好一位美髯公，案桌前站着，目光炯炯，稳稳地、缓缓地写他笔笔相连的大草书。

应该是1978年吧，"文革"后日本现代书法展头一回来到南京。齐先生与一班当地书画家特意过江看了，回来对我说，他们初不以为然，又不免疑惑，往访林散之，看师尊怎么说法，不料老人另有眼光，说了一番话，大意是：东洋人对晋唐后的书法别有理解，日本字有别于汉字，好

---

* 此篇应法国汉学家柯迺柏邀约，为其书法展画册作序。

几百年写下来，反倒为书法开了新路，不可小看的。

中国人于日本艺术的第一反应，大抵小看。我并未领教那项日本书法展，但东山魁夷的风景画画册已经传入中国，初看，确生几分惊异，随即本能地小看，而但凡小看，便以为问题解决，不再深究了。

是的。晋唐的书法，宋元的绘画，虽是远在千年之前的光荣，亦足使我们斜眼下看东洋的一切，所以林先生当年那番话，听过也就听过，此刻想来，这才隐约地有所感悟了。

感悟到什么呢？

梵高迷恋浮世绘，早就是著名的公案——画油画的中国人恐怕鲜有小看梵高的吧？先前，我对他获益于浮世绘，总觉不适，亦且不解，心里想：唉，西洋人到底不懂中国画，浮世绘学的是明代木版水印画，明人的雅正，日本人哪里学得会。后来在东京古董铺亲见十六七世纪的浮世绘本子，这才忽然明白了梵高。

原来东方的绘画美——说起所谓"东方"，当然数咱中国是老大——到了西洋人眼里手里，是要有个微妙的中介，始可为西洋画语法所汲取，梵高若是只看到明代的木版画，未必会去临写，并有所创发的。

明代木版水印画固然是一派汉家的可喜，正红、正蓝、正黄，均是原色的纯然，丝毫不间杂，但与西洋画复调式的色彩谱系，截然对立，无可衔接，而在浮世绘那里——天晓得什么缘故——红黄蓝却是有了均质分布的灰度，一眼看去，仍是东方式的明妍，却演成交织并列的粉红、鹅黄、暖紫、暗绿……移去西洋调色板，略一搅拌，"梵高"便出现了。

当然，梵高出道时，印象派先已"解放"了色彩，轮到半疯的梵高再来"解放"，历史便以无可测知的偶然性，使浮世绘窜入西洋画，而梵高就此改写了欧洲色彩的谱系。

这是日本人与欧洲人各自料不到的事。但凡文化的变异，都是个"料不到"。

木心于七十年代末接受日本画家的采访，曾就日本的茶道、花道、器物、设计……说过这样一层意思，即：日本文化是对中国文化的误解，这一误解，误解得好！

推而广之，异文化的相遇而交接，莫不起于误解，梵高对浮世绘的误解，即是一例，直到今天，日本人仍视梵高为知己，以他的误解为正解。如此说，日本人的书法自也是对汉家书法的误解了，误得好不好呢？

我于中日书法史，近乎白丁，连误解也谈不上。去年在京都龙安寺撞见几幅古书法，每字两三尺见方，硕大而遒劲，一见之下，惊愕无语：显然这是位重要的日本书家

（寺中人介绍，写于两三百年前，近清早期），字体与章法，笔笔遥望晋唐（没有片假名，个个汉字），虽则通篇日本气（我一定不会误认为是中国书家的字），然而在我记得的明清书法中，不曾见过这等刚正古朴的大字……忽然，我想起四十多年前林散之先生的那番话。

造访龙安寺的前些年，我已在京都旧书铺看过许多日本书帖，虽是中国书法的亦步亦趋，而笔笔走歪，确是走出另一种风神，你可以不喜，但如木心谈论日本的俳句，那种清浅，你还学不会。清浅，原是文学滋味之一种，不可替代，而龙安寺的大字却是雄浑苍老，给晋唐人看见，怕也会惊异而首肯的。

异文化之间的彼此观照、借取、实践、化变，永远是难以测知的暧昧过程……航海时代以来，各文明静止而封闭的系统，渐次瓦解了，每一种源远流长的古典艺术，都被异文化的眼光所打量，譬如梵高目中的浮世绘，中国人眼里的西洋画。我们不能指望镰仓时代或昭和年间的日本人如元明书家那般审视晋唐，更不能看低日本书家对晋唐人的敬意。而当西洋人带着同样的爱敬习练中国书法时，问题已不是他们该不该遵循汉唐中原的千年传统，而是千年传统将被异化。

这异化，存有多种可能性。一百多年前，浮世绘万万想不到自己的色彩符码造就了梵高；一百多年来，文艺复兴的徒子徒孙万万想不到油画在远东成为一大画种……所谓"油画民族化"是我听厌的争论（谢天谢地，现在没人记得这句空洞的口号了），但我不曾遇到一个西洋人挑剔东方人的油画违反了哪条戒律（谢天谢地，欧美的藏家早经陆续搜购来自东方的油画）。西洋绘画与中国书法，固然难以等同，然而艺术的国界不再奏效，换句话说，我们无法阻止另一国度的人带着我们完全不能预料的解读，热爱中国古典文化。

这时，我遇见了法国人柯迺柏先生。

柯迺柏少年时代在巴黎学习中文，之后师从旅法韩国人习练汉字书法。七十年代末，他是来到大陆学习国画与书法的首批西洋留学生之一，分别在南京大学与中央美术学院深造，历时五年余，归国后，写成论述唐人张怀瓘《书断》的博士论文，成为巴黎东方语言学院研究员。

他对东方的解读与研究，有甚于当年的梵高，过去三十年，他在日本、韩国、中国持续推出他所策划，以及他自己的书法展，成为传播中国书法的使者。柯迺柏最近一次展览，展出的是他多达逾百幅的彩色书法系列，全部作品呈现一个字，即中文的"心"。

自以为懂得书法的人会说：这是书法吗（倘若不是，

那是什么）？我们又会说，书法可以这样地以彩色书写吗（倘若不可以，理由是什么）？不论怎样看待柯逈柏这批作品，它提醒一个信号：书法，早已不仅仅属于中国，也不仅仅是东方人的专属。

不消说，柯逈柏走近中国书法，也有一项中介，即日本书法（又想起梵高与浮世绘的关系，那是异文化彼此接触而意味深长的例，我们尚未细细追究二者之间的故事）。在他手里，中国、日本、韩国的书法，乃以庞杂合一的传统，对他发生作用，作用之一，即他最为推崇的现代书家，不是中国人，而是日本的井上有一。

奇怪吗？不必惊讶。事实上，许多当代中国书家早已从日本人那里寻求灵感，那是中国传统书法未能发作的诸般功能……身体的，而不仅是手臂手腕的作用，在日本现代书法中被夸张、强调、发挥（武士道，或许可以解释这身体的陶醉），而将符号舞弄到近乎抽象的超尺寸图形，也是从唐人狂草被引至日本式的癫狂（这癫狂，篡改并超越了儒家与道家的想象力）。

事实不止于此，早在半个多世纪之前，汉家的书法以中国人难以想象的影响力，进入欧美现代绘画，美国的马泽维尔、法国的亨利·米修，以及一打以上的西方艺术家（包括旅欧的赵无极），便是显著的个例。

在中国书法被世界化的大背景中，柯迺柏带入并寻求他自己的路。我猜，当他以独一的"心"字构成系列，他愉快地回避了已知书法的篇幅性（太多太多书法仍必须书写数十数百字），出于天知道的理由，他也逃离了书法的墨黑，亦即单色的世界，以愉快的——因此更为自由的——方式，席卷调色板上所能用到的所有颜料，如画画般写字（他服膺鲁迅的那句话：书法就是画画）。

在马泽维尔那里，黑色仍是神圣的，在亨利·米修那里，用色有限而克制。看了柯迺柏"心"系列书法，我竟不能想象这些字是黑色的，"心"，在各种清澈的原色与飞溅中，旋转舞蹈，而"心"的传统字型，带着浑身的五颜六色，进入中文。

是的，为什么不能用彩色写字呢？这世界原本是彩色的。我无法知道柯迺柏何以在中国的墨写的书法中，忽然看见了色彩，但法国人为美术史贡献了最绚丽的色彩，柯迺柏，正是个法国人。

我不想猜测他在数千上万的汉字中，为什么单单选择了"心"——大有深意，或者，并无深意——但我能够揣测，当他以孩子闯祸般的窃喜用彩色一笔笔书写"心"（仍是汉字，仍是可读的符号，仍不脱汉字书写的笔路），他的内心和身体可能体验了唐人张旭的极乐，至少，让我拉近想象，推测梵高：当梵高第一次借用浮世绘式的色彩并处处加重轮廓的线条时，一定也有过相似的狂喜。

在今日欧美，书法史、书法理论，包括书法理论史，多有专家与专著，那是怎样艰深而富厚的学术，我一无所知。在当今美国、德国、意大利、荷兰的美术汉学家中（以柯遒柏的学历与学力，他也是该类专家之一），就我所知，并没有另一个人如柯遒柏，少年时代即手握毛笔，不停不停写到现在，妄想在中日韩的书法大传统中，写出自己的风格。

但这风格并不是他的目的，而是他投向中国的长久的爱：他说，他的小小野心，是当西方同胞赏阅他的书法时，被他引向伟大的中国古典书法。这是一种反方向的、为中国人所陌生的爱意：他的作品是中国书法在现代世界的意外，这场意外的制造者，是一个几乎以毕生的智力，钻进中国书法故纸堆的洋人。

2016 年 11 月 3 日写在北京

晦涩与清晰

序威尔·贡培兹《现代艺术150年》

我从未读完一册艺术史论专著，不论中外抑或古今，也许读完了吧，我不记得了。但我记得尽可能挑选一流著作，然后铆足气力，狠狠地读，一路划线，为了日后复习（虽然从未复习），此刻细想，却是一丁点儿不记得了，包括书名与作者。

艺术家大抵不擅读书。而史论理应是艰深的、专门的，处处为难智力，但我的记性竟是这般糟糕吗？除非史论专家，我猜，所有敬畏史论的读者都会私下期待稍稍易懂而有趣的写作。

对了。有趣的写作，引人入胜，引人入胜的文字，经久不忘。

眼前这本书不是史论专著。作者贡培兹甚至没有读完中学——这也正是我的学历——我竟全部读毕了他的书。怪哉，作者与读者的学历会是对应的阅读水准吗？倘若几天后忘了大部分内容，好几处情节却会长久记得，譬如，为争夺首展的展位，马列维奇与塔特林当场打了起来……

* * *

我有幸见过本书提及的逾百位艺术家的作品，它们分别藏在曼哈顿的四五座美术馆。八十年代初去到纽约，麦迪逊大道和 57 街的老字号画廊还在出售他们的画作，有一回我甚至看见了梵高的画（如今那些老画廊多数关闭了）。书尾提及或未提及的艺术家——基弗、巴塞利兹、施纳贝尔、沙利——当年不过三十来岁，杰夫·昆斯、达明安·赫斯特，更要到九十年代才出道。

那时我不晓得自己撞上一个时代：现代主义终结了，后现代艺术正当时令：二十世纪八十年代初，以上新秀的初展密集出现在纽约画廊（很快进入美术馆），我记得艺术家同行一拨接一拨涌进来——七十年代的长发造型已经过时，光脑袋艺术家开始现形——他们沉默着，狠狠盯着展品，分别流露钦羡、悔恨、酸楚、警醒，不服而不得不服的表情。他们显然是艺术圈打滚多年的老手，此刻却如一场成功阴谋的局外人，发现自己迟到了。

1985年某日，我走进一家苏荷小画廊，室内唯一的观众竟是安迪·沃霍尔，他用傻瓜机拍下每件作品，间中抬眼看看我，目光如白痴一般，翌年，他就死了……六十年代的画廊教父利奥·卡斯蒂里，垂垂老矣，常在苏荷西百老汇街420号自家画廊的门厅等电梯，左襟配着绣花帕，活像黑帮老大，慈蔼地和人招呼；玛丽·布恩，三十出头，祖籍埃及，娇小，黯肤色，脚蹬蛇皮高跟鞋，是八十年代初纽约地面最逼人的画廊新秀。她会从办公室深处走出来，朝展厅迅速一瞥，不看任何观众，却立即认出重要的客户，随即请进内室。1983年顷，我在那里头一回见到基弗、费雪、施纳贝尔数米见方的堂堂大件——那些年，谁的作品进入她那不大的空间，等于当天进入"世界"美术史。

* * *

现代艺术的所谓"世界"，不消说，即是欧美。倘若我没弄错，英国人似乎热衷于怂恿重要的学问家在大众媒介传播高见，期使艰深的史论通俗化。二十世纪六十年代，以赛亚·柏林就在广播电台连篇讲演，事后读到讲稿的汉译本（庞杂精深，布满超长的句子），我只能转而佩服听众的水准，而不是以赛亚的雄辩；七十年代，日后成为经典的小开本著作《观看之道》是左翼文人约翰·伯格的电视谈话系列，他自称他的主要见解来自本雅明，而本雅明于神学之外，自称他的启示来自马克思。

各国大学图书馆和传媒学院资料库（可能包括中国），藏有 BBC 制作于七十年代的长篇系列电视节目《世界文明》，是以大众传媒讲述艺术史的开山之作，推出后，行销各国，我就在纽约第 13 频道看了这档节目的连播。今岁，约翰·伯格的下一代著名主讲人，牛津与哥伦比亚大学老学者西蒙·沙玛来到乌镇，讲述木心的画：原来 BBC 用纳税人的钱，斥资拍摄定于明年播放的新的长篇电视节目《世界文明》，介绍欧洲、埃及、印度、中国……从古到今的艺术。

我们这里的《百家讲坛》，早被网络喧嚣淡忘了，十年前开播时，本土"学界"还为"学者该不该上电视"有过一番聒噪。大众节目的空间，自应聒噪，但焦点不该是学者与电视，而是我们有没有柏林与沙玛，同样，相对应的，我们有没有够格的观众？

我所谓"够格"，非指学问深浅，而是倾听的诚意，尤其是好奇心。好的讲者会使你误以为自己聪明起来，而且更好奇，更想听……近时偶得法国艺术史家达尼埃尔·阿拉斯（他曾教过意大利结构主义大师艾珂）的小册子《绘画史事》，他离世那年（2003年）为法兰西文化电台讲述的二十五集系列节目，每集半小时——我赶紧听，讲是讲得好极了，大有曲径通幽之感，但就通俗性而言——我是说语言的通俗性——似乎还得看英国人。

论出身，贡培兹不能算艺术史家。我不晓得他以怎样的资格与影响力，竟然讲述现代艺术史。实在说，精通艺术史不很稀罕，那是读书人的本分，稀罕的是，这家伙精通什么是读者的好奇，又怎样用词语套牢好奇的读者——他是个媒体人。他自称，此书的缘起乃是乞灵于单口相声的传播效应：这倒有几分道理，安迪·沃霍尔的把戏，即是经与媒体的厮混而改变艺术史，重要的是，媒体，也被他从此改变了。

* * *

1917年4月2日，星期一，三位穿着讲究的年轻人边走边聊……他们离开了店铺，艾伦斯伯格和斯特拉去叫出租车……马塞尔·杜尚笑着心想：这东西说不定能掀起一点风浪。

这段戏说摘自本书第一章。贯穿全书五百多页，贡培兹便以这样的花腔谈论现代艺术。艺术史不可以这么写（当然，他知道），堆砌趣谈更是旁门左道（他也知道）。换句话说，严肃的史论即便引述逸闻，作者仍然，而且必须，咬住艺术史。但这位贡培兹时而装作不懂艺术的一员，和我们抱着同样的困扰——

博物馆是塞满了聪明人的学术机构……墙上的文字说明或展览手册上的文章充斥着无法理解的晦涩术语和措辞。博物馆声称这些信息是为没有背景知识的观众准备的……艺术家也会落入同样的陷阱……当麦克风往艺术家嘴边一放，所有的清晰性都消失了。

他担任过伦敦泰特美术馆总监，但他显然不信任"学术机构"，也不信任艺术家，并要我们不必对艺术家当真——这是有趣而重要的讯息：他不满意现有的史论专著（若干作者的权威性，近乎神祇），或许，这就是媒体的立场：媒体的脸，总是朝向"公众"。在他看来，重要的不是现代艺术，而是如何改换腔调，以新的语言，传播艺术。

问题不仅是语言。你必须全盘通晓艺术史，且果真懂得。这本书证明贡培兹储蓄了现代艺术的海量知识（繁复而布满歧义，来自好几代好几派史论著作），难是难在如何将既有的艺术史打散、配料、重组，将艺术史包装成"故事"或"剧本"，诱使读者像走进剧场那样，观赏现代艺术的漫长剧情。

这本书布满以往不曾入史的大量讯息——何止讯息——譬如一次大战直到新世纪，画廊业与美术馆制度如何嬗变；上百年前的画价与近二十年的营销奇谭，如何改变了收藏史。影响与被影响的脉络固然是艺术史招牌动作，但贡培兹信手拈来的种种影响源、影响点，并非仅仅出自艺术史，同样，第三国际与第三帝国怎样催生或熄灭前卫艺术，也并非只因政治……

我不知道贡培兹读过多少杂书、野史、回忆录。带着媒体人的狗鼻子，他活像自费的"包打听"，领我们绕进现代艺术后台，指点那里的社交圈、名利场与私生活。他试图让我们相信，倘若善用八卦，艺术史也是人的故事。

剥除贡培兹的戏言杂说，我仍然读到了现代艺术的累累经纬：本书的"学理"部分，十九来自既有的史论资源（他承认：为写此书，他翻烂了好几部艺术史大作），但他比史论前辈更年轻，目击了逾百年来的多端线索如何在隔代晚近的作品中潜伏、延伸、改头换面。

在他的叙述中，关于超现实主义概念的良性泛滥、关于极简主义（包括包豪斯运动）的前生后世、关于杜尚至今不死的观念，均称清晰而透彻——贡培兹的笑脸虽则朝向"大众"，其雄心所向，却是他并非全然服膺的史论同行：就这一层看，此书委实苦心孤诣——请注意，这位在泰特美术馆与 BBC 公司兼职的人，是用一长串周末及上班前后的晨昏，写成这本书的。

* * *

现在还没有公认的术语来描述二十世纪末与二十一世纪初这二十年间的艺术……为一场艺术运动命名是一件危险的事，我可不会趟这摊浑水。在适当的时刻总会有人提出一个正式的术语，那就得了。

这是现代艺术最晚近的段落，也正是我滞留纽约的时期——出于我不很明白的原因，这一章的主角全是英国人（除了美国的杰夫·昆斯，加上本书唯一的中国人艾未未），名噪欧美的意大利"三 C"，德国的巴塞利兹、安塞姆·基弗、伊门道夫、里希特，美国的朱利安·施纳贝尔、大卫·萨里、艾瑞克·费雪……都消失了。在现代主义边界之外，若干无意被归类的人物也被删除（完全同意）：一战后的意大利人莫兰迪、二战后的卢西安·弗洛伊德。这两位，碰巧是中国画坛格外偏爱的画家。

而我有幸亲睹书中每位重要艺术家的真迹，反复观看，以至熟腻——这本书的水准刚刚令我够得着而看得懂：贡培兹证实了我对自以为早就懂得的艺术家的印象（果然如此），也教会我如何解读难以弄懂的另一群人物（原来如此）。倘若在美术馆再度遇到他们，我会心想：哈，老兄，现在我明白了你的花招。

但我再难抱着三十年前的兴致与狐疑，寻访书中的艺术家——大部分现代艺术，都过时了，包括当初最勇敢的作品、最离奇的念头。人活不过时间，我真不愿承认：从毕加索到劳森伯格，马蒂斯到波洛克，康定斯基到极简主义……如今回看，多么陈旧啊。一百五十年过去了，只有几个家伙非但不过时，而且越来越耐看，他们是憨人塞尚、疯子梵高、笑眯眯的杜尚，还有，白痴般的安迪·沃霍尔。

贡培兹怎样想呢？当我寻味他的笔法，发现他滔滔不绝的话语藏着未予明言的苦衷。

他热情肯定每一位早期现代艺术家，那是令人放心的历史；论及最近二十年，他的判断出现微妙的失衡。他似乎说服自己为翠西·艾敏或村上隆这样的艺术家辩护，话锋稍涉嘲讽，又恐被非难，因而闪烁其词。他精通媒体的语言策略，主要是，他很清楚：太近的人事难以入论。面对有待时间考量的晚近公案，他选择两可的修辞，步步环顾左右，不复本书前半部的肯定语气了。

在他生动的叙述中，我看见三组人物肖像：自后印象派到二战的前卫艺术家，是一群真正的造反者；之后，六七十年代的大师是社会与之和解的骄子；再之后，八十年代迄今，艺术家成为既被时代也被他们自己百般纵容的人。

当然，这是我的偏见，甚或幻觉，艺术史家不该给出这样的暗示，好在贡培兹不是史家——我也不是。

2016 年 12 月 3 日写在北京

画史与痴心

序韦羲《照夜白》

艺术史家的艺术史，是学术文本；挚爱艺术的人——可以是艺术家，也可以是任何人——写出自己的史识，或可读解为内心的文本。

内心的文本，确指什么呢？

日前读毕英国人贡培兹《现代艺术150年》汉译本，奉出版社命，写了序言。贡培兹中学尚未毕业，业余写成此书。我愿重复那篇序言的意思，就是：我从未读完一本艺术史，但贡培兹的书却令我兴致盎然，全部读完了。

此书作者韦羲，是我年轻的朋友，广西人，七零后画家，曾就读中央民族大学，之后做个体艺术家，穷六七年光阴，写成此书。这是一本写给他自己的书，正是我所谓"内心的艺术史"，当然，我也全部读完了。

贡培兹的书，旨在向大众讲解扑朔多变的现代艺术，他的本行是媒体人，虽或用了戏言杂说的笔法，但全书的骨干和经纬，仍是艺术史。韦羲的书，乃因心存满满的感触、领悟、见解、爱，于是择山水画史各个焦点，允做话题，铺衍写来，自己过过瘾，体例介于读书观画的散记和他谦称的"写作练习"，与贡培兹的书不是一回事。

但两本书俱皆触探历史的纵深与维度：或回顾现代艺术历经的一百五十年，或反复吟味中国山水画逾千年传统，内容不可比较，却有相似点：二位作者都不是史论专家，而能细数艺术史如家珍，处处有话要说，且言必由衷、言必有中。若论意态的恳挚、观照的幅度、入论的体贴、行文的诗性，韦羲，似有胜于贡培兹。

现在《照夜白》快要出版了，韦羲的絮语或许会进入他人的内心：那些和他一样挚爱并熟知艺术的人。

* * *

北漂的艺术青年，来自各省，能画画，也能谋生。京城，是名利场，韦羲却能恬然自适，不求闻达，终年发呆痴想，沉溺于艺事。十多年前我在博客留言中识得韦羲的只言片语，他非常会写，我们便成了好朋友。

韦羲温厚，沉默而不寡言，说及艺术的痛痒，便如老实人一激动，带着可爱的结巴，但写文章却能清澈而流动，意见迭出，时时咬住真问题。除了天分，我猜他有过好老师。我的画与文偶或面世，说实话吧，从不想到请哪位专家名家给我写写。前年有苏州博物馆的展览，就专意请了韦羲为画册写序言，去年弄《局部》视频，出书时，又请他写了一篇，以后若有类似的虚荣事，还会想到韦羲那支笔。

大概是害羞吧，韦羲藏着他的画不给我看，我只得将他认作优异的写手。读了《照夜白》，才知韦羲不单有写作才华，还有写作的宏愿。现在全书装订成册，配了图，我发现这是我未曾见过的私人山水画史。

在学院艺术史文本之外，我早就盼望这样的史说：它须由画家所写，不然总嫌挠不到痒处；它须写得好看，不能是庸常的中文；它该有锐度、有性情，弃绝滥调，是作者果然深陷其中的心得，易言之，它须能读到作者这个人；奇怪，我固执地认为，这类书写只能来自一个局外人。

我知道，这样的偏见不该希求于史论的写作，但我遇到了韦羲：不料他已默默写成这本书。

＊　＊　＊

所谓艺术史，原是西洋的说法。取西洋规矩所写的中国美术史，我不曾读过——韦羲说他是读过的——就我所知，民初一代如陈师曾、吕凤子、潘天寿、徐悲鸿……都写过类乎于中国美术简史的小册子，但不易找到，当知青时弄到过黄宾虹画论，佩服极了，抄录好几页。

画论，是中国绘画史一绝，因论者先是文人。我读不懂谢赫、张彦远（或许是中国画史最早的史论家吧），明清两代如董其昌与"四王"的题款、画跋、书信、诗作，俱是高超的画论，即便我一知半解，亦足赏叹。十年前读到恽南田画论，字字珠玑。倒并未因此而果真懂得什么道理，玩味再三者，其实是古文的修辞。

我总有一种积郁，执拗难排：中国画论之在今日，已是失效的语言系统——简直可比外语，其异质性，竟或犹有过之——而历代画论的灼见，先在辞章之美，句句附丽于语言，语言既失，理趣随之奄然，除非有上好的白话文写家巧做演绎而转为今语，或能奏起死回生之效。

又，积百年文化巨变，纯然中国式的绘画思维、言语表述、观看之道，均已不可能了——这不是一件坏事——而在西化现代化愈演愈烈的今日，回向传统资源的渴念，愈见抬头之势。所谓琴、棋、书、画，所谓焚香、茶道、禅修、论佛……已属时髦之举。近时得识几位谈吐斯文的八零后、九零后青年，精研篆刻，居然自制古版书或笺谱之类，闲来练字作诗，望之如清末的书生。

在我学画的年代，什么传统绘画都看不到。画家的无知，先在图像匮乏。如今，拜现代数码印制术之赐，晋唐及明清的历代宝典高清仿制品，充盈市面，古典绘画的图像传播，从未如今日之盛——鉴于以上，韦羲的私人美术史写作，乃呼之欲出。

* * *

韦羲来自岭南。他的眼界虽则凭借山水画图册，亦足引动山河岁月的省思。如几代青年画家，韦羲初起学的是西画（宋明人匪夷所思之事），自也博览汉译的西书，年少时还曾拨弄吉他，听听摇滚……七零后的青年大致成长在初告世界化、现代化的中国，韦羲从未出国，却能游目"世界"而回望宋元，非仅多一只眼，亦多了一重维度，一份心思。

有趣而有益的悖论是：本书取"世界性"眼光，而作者的"本土性"根深蒂固（良性的民族主义）：显然，韦羲之于中国绘画的爱非但根植于"本土",还自带"乡土"的偏执,他要在"现代性"进程的烟尘斗乱中,说服同代人:伟大的宋元绘画并非仅仅是艺术,而是山河的语言,是历史托付的记忆。

《照夜白》在古典山水图像之外,配了若干西洋名画,事属东西方图像的互文并置,但是读进去,韦羲并非刻意排列文化的比较,而是他自己的心象:他学生时代的书桌即已供着《蒙娜丽莎》与《溪山行旅图》,以我的解读,在韦羲那里,配置西洋经典不是借"世界"惠顾我们,而是以宋元山水画的骄傲,雄视域外的艺术。在他大三习练西画时,曾模拟意大利莫兰迪的作风描绘静物,描绘着,心里却时时揣想倪瓒与八大的画意——动人的错觉,近乎种姓的、本家的、亲属般的偏爱。

此书出现最多的用词,恐怕是"想起"——"想起",其实是指心中"看见"的意思——这一想,跨度便是欧洲与中国,还有,他念念不忘的"宋朝"。在他,宋朝不是政权与朝代,而是范宽的世纪。

韦羲论画的思维不是史论式的,而是以画眼导引认知,他从不附会本土抑或世界的"文化中心论",宁肯信守自己的边缘身份。换言之,他的意识从未离开广西。那是他"私人美术史"开始的地方:家乡的群山,就是启蒙老师。

* * *

韦羲的白话文写作，允称优异。他写的是古典山水画，但他深知，除了审慎用典，他面对的问题是如何用字、如何用词。画论的大量术语，无可更动（有如行内的"切口"），譬如被用滥的"远"字，经韦羲演绎再三，结论是"在别处"。"在别处"，是来自现代欧洲的词语，引来形容山水画，对不对呢？我以为另有一种精准。但西人绝不会想到这个词对应了中文的"远"字。同理，宋元人更想不到"平远""深远""高远"之理，逾千年后，会被西语的汉译如此作解。这一解，我们对宋元山水的认知与言说，豁然新了一新，抑或比古人的"远"字，更其开豁了。

这就是词语和绘画的关系，换句话说：绘画的种种妙，种种解，永远期待词语的降临——《照夜白》的择词与造句，实在用了心思。编年式的线性叙述，流派与风格的分类，画史与权威的定论，均被韦羲搁置，本书的结构，是以一组问题而印证一个词语，又以一个词语带出一组问题。

"青青子衿""如来如去""照夜白"，古语；

"快乐画画的年代""空隙的美""小的大画家""无限

的掌纹"，是今语，即所谓白话文；

"此在与曾在""漫长的下半时""旋转时空的开关""羊身上的宇宙图像和时间中涌现的景观"，均为西语句式的汉译；到了"叠印的时空""零度的风景""荒山复调"，则韦羲开始放胆造句了——依我看，意思都对，字面也美。

我不知道韦羲怎样习练中文写作，也不知他花了多少光阴和心思，钻研山水画史。倘若就韦羲的纷纷见解而有所阐发、评议、辩难，可能是轻率的，至少，须得大有准备（他的野心令我惊讶，他的目光及其解读，几乎覆盖了山水画美学可能深藏的各个角落）……但最令我动容者，是遍布全书的失落感。那是山水经典的集体哀鸣，倘若不涉曲解，我在韦羲书中读到的讯息，乃是历史的失落。

* * *

从我家后园，能望见一座笔直的山峰，年少时，我常失神凝望这座遗世而独立的山峰，似乎它在南宋，那刀砍斧劈的峻峭，简直如同马远《踏歌图》中的描绘。

以自家山景而与宋元绘画一并看待，一并想，是韦羲此书的基调。"似乎它在南宋"，意思是，作者在写自己：

儿童的世界真假不分，一半是真实，一半是幻象……花果山水帘洞就在不远的山里，在正午，转过哪个山脚，沿路走下去，就到了宋朝。

这是孩子的心。孩子长大了，想象中断，并非因为成长，而是因为世变：

> 90年代以来，山城从古代堕入现代……建筑一变，千百年来黑瓦房和此间山水所建立的美学关系随之消亡……唯有王母山还剩一片阔叶松林，昔年林下听松风……宛若宋朝还在，如果松林遇伐，我童年的宋朝也就随之乌有。

没人在乎宋朝，但韦羲在乎。没人感慨山水画的来世今生，但韦羲为之叹息。这本书的底色与脉动，是作者用情。用情，或许是史论书写的忌讳，《照夜白》并非惯常的史论著作，而是历史之思。历史之思，非史家才有，而韦羲是个画家：

> 临过山水画，便想画真山。晴好的周末，我和阿盛、蓝然结伴写生，走入群山深处……唯有太古的静……

山中的寂静是风和草木的寂静，石头的寂静，世界自身的寂静……我们忘了自己。

在太古的寂静中，他们被吵醒：

可惜我们看到的山水已经不是古人所看见的山水……画中的景观如今没有了，我们如何自称唐宋后裔……唐宋山水画若要追忆前生，只好想起日本。在日本，连松树也仿佛照着唐宋绘画里的样子生长似的……怎么反倒是如今中国的树长不出好样子，连山河大地都不对了似的。

处处由唐宋经典而观照山河，时时以山水画盛世而审视今朝，韦羲此书，便是痴心的铺排。他对西南乡邦的眷爱，宛如沈从文。

而韦羲的痴心另有寄托：顺着故乡的山路，他以此书寻往宋朝。这是内心的路，字面上，被他称之为《照夜白》。

2016 年 12 月 11 日写在北京

小东在看 *

刘小东，影像世纪的天才画家。这位画家不知疲倦地拍照，甚至想拍电影。刚从美院毕业那会儿，他跑去报考北京电影学院。上世纪九十年代初才画了最早一批佳作，期间他竟分身进入电影，和喻红联袂主演了一部青春片，片首就是床戏，投入极了。

我猜他并不仅仅乐意出镜，更在享受与电影发生关系。

假设刘小东变成摄影人或导演，也许是荒谬的。他注定是个画家吗？也不。要点不在画画或拍照，刘小东的禀赋——他不知道，也不必知道自己的禀赋——是如动物般观看世界。

---

* 此篇为上海民生美术馆刘小东摄影展所作。

动物的目光，无明、无辜、无情、无差别，不存意见，不附带所谓文化。在本次展示的影像中，这位拍摄者像条狗似的——也许是只兔子，刘小东属兔——瞪着眼前的亲友、男女，还有猪、狗、马、驴（老天爷！瞧他血脉偾张地描绘猪狗，悯其情而同其心，简直将畜生当做人），他以同样的目光看着他所抵达的各地风物、各国景观，直到京城的"两会"会场，还有漫天雾霾。

　　过去十多年，刘小东的每次出行带着小小的电影团队，镜头全程打开，盯着他——他终于实现了早年拍电影的"妄想"。眼下刘小东拥有许多部电影：所有主角都是他，且照旧画画，而每作一画，便推出一部电影，其中两部还得了电影奖。

　　不可思议的是，他从未画出如照片那样的画，一如他的画，大致不会令人想起照片。他是绘画与摄影间的一份悖论，一场意外——但他的电影与绘画，彼此作为正果，如犯案的物证——他所定格的每一画面并非纯然出于画眼，而是摄影眼（这是复杂的话题：在前摄影时代，画家的观看有别于今天），而他依据的照片一旦移上画布，即挣脱胶片感光、数码分析与广角镜的魔障，转变为生机勃勃的画。（又是个复杂的话题：为什么几乎所有依赖照片的画，都成为摄影的手工副本？）

当然，刘小东一出手便即老谋深算，随时知道怎样使他瞧见的一切，变成画：只要开始作画，他立即变身为鬼使神差的匠师，近乎超人。跟随他的职业电影人绝对听命于他（仿佛影像秘书与贴身保镖），他自己，从来像业余者那样，随手拍照，从不在乎是否拍出好照片。他只管看。他的看，精准如射击——唯动物如此凶狠而准确地看——那目标，只有他知道。

似乎并不区分创作与闲暇，刘小东看到什么，便起念做什么，正如动物，永远悠然而忙碌。那年他带我出游京郊，中途停车，着急撒尿般奔向路边，拍了几个穿过田埂的村民，随即回车继续驾驶，日后这张平淡无奇的照片被植入他画中的背景。他写笔记也和拍照那样，不顾文法而处处真切。现在，他成功地使他的摄影（和大量笔记）足以成为公开的展示，不消说，因为他已画出那么多精彩的大画，以至他的照片与笔记同样值得一看，更别提"他的"精彩的电影。

犹如电影附加摄制的片花，演出不再严格遮蔽后台，现代艺术久已撤除了素材与创作、草图与成品、过程与结局的传统界限。怎样使一块画布变成一幅画，近年在刘小东那里成为故意暴露的事件（然而异常辛苦），但全盘目击他作画的过程（犹如搏斗），你无法学到任何本事，除非像他，如动物般观看。

这是怎样一只兔子啊！当今世界，包括漫长的美术史，我不知道哪位画家像刘小东这样，果真使写实绘画无视国界、种族与文化属性，一切变得再简单不过：看与被看，画与被画。兔子不认识哪里是国界，不管哪些可看，或不可看，更不追究绘画与影像、本土与他国的歧异。

在曼谷、罗马、伦敦、东京、维也纳、哈瓦那、重庆、和田，还有刘小东的老家金城镇，他居然用巨大的画布做着本是摄影家与电影人的勾当。他如独裁的导演那样，强行组构现场（为了一幅画），像玩命的战地记者般随时搜索并下载讯息（还是为了一幅画）。摄影，大规模、灾难性地制伏了现代人的绘画，所有具象画家都对摄影又爱又恨，刘小东不然。他以拍照制伏摄影，同时，掌控电影，雄辩地扮演影片的主人：他身边的影像器械，他累积的无数照片，伺候他作成一件又一件强悍猛烈的画，然后，被遗弃，如画作吐出的渣。

我不知道刘小东如何看待这一大堆照片——当然，他竭力隐瞒着他在电影中的满足感，就像我每次惊叹他的新作，他总是作状咳嗽，忍着，不笑——这些照片的价值并非止于素材，而是，刘小东在看。

最近两三年，他直接往自己拍摄的照片上染色涂抹，画得好猖狂，但我暂时不很确定怎样评价这批作品。当他直接在照片上画画时，他成了通常的"当代艺术家"：仍然非常刘小东，但不知哪里，不像他；在"照片画"中，这只兔子，又变回聪明的人。

2014 年 4 月 11 日写在北京

旧书中的鬼魅

序新版鲁迅《呐喊》与《彷徨》

　　将近五十年前，1966 年，"文革"爆发，所有孩子"高兴地"辍学了。我猫在阁楼的昏暗中，一页页读着《呐喊》与《彷徨》，完全相信沦落的孔乙己、疯了的祥林嫂、被斩首的夏瑜……都是旧中国的鬼魅。

　　我一边读，一边可怜他们，也可怜鲁迅：他居然活在那样黑暗的年代！

　　很久以后我才明白，书中的故事远在晚清，而晚清并不像鲁迅描述的那么可怕、那般绝望。但我至今无法对自己解释，为什么他笔下的鬼魅，个个吸引我。在我的童年，革命小说如《红岩》《金光大道》《欧阳海之歌》……超级流行，但我不记得也不知道，为什么读不下去。

　　同期，"社会上"流传着旧版的郭沫若、茅盾、郁达夫、巴金、萧红……那年月，我不晓得那就是民国书，零星读了，都喜欢。最令我沉迷惚恍的小说，还是鲁迅的。单看书名就有魔力："呐喊"，而且"彷徨"，天哪，我也想扯开喉咙乱叫——虽不知叫什么，为什么叫——我也每天在弄堂里百无聊赖地乱走啊。

我不懂这就是文学的魅力，只觉得活活看见书里的众生：那位暗夜里抱着死孩的寡妇单四嫂子（乡邻"蓝皮阿五"动她的脑筋），那群中宵划船去看社戏的孩子（从河边田里偷摘而来旋即煮熟的豆子啊）。我确信书中那个"我"就是鲁迅，我同情他躲开祥林嫂的追问——在我的童年，街巷仍可随处撞见令人憎惧的疯婆——这个"我"还在酒桌边耸耳倾听另一位食客上楼的脚步，而当魏连殳被军服装殓后，他会上前望一眼亡友的死相。那是我头一回读到对尸体的描述，害怕，但被吸引。

合上书本，瞧着封面上鲁迅那张老脸，我从心里喜欢他，觉得他好厉害。

我已不记得六十年代小学语文课目。对了，好像有那篇《故乡》。中年后，我童年在弄堂里玩耍的穷朋友也如闰土般毕恭毕敬，起身迎我。八十年代后的中小学生会被《故乡》吸引吗？实在说，我那一代的阅读语境，永不复返了，那是前网络时代，如果今日的学生厌烦鲁迅，与之隔膜，我深感同情。除了我所知道的原因，我想了解：那是怎样的一种烦厌。

近时被告知新版《呐喊》与《彷徨》面世在即，要我写点什么。我稍稍有点不以为然：近百年过去，评说鲁迅的文字——超过原著数百倍——无论如何已经过时了，失效了，除了我辈与上代的极少数（一群严重过时的人），眼下的青年有谁在乎关于鲁迅的累累解读。

然而《呐喊》与《彷徨》被无数解读，亦即，过时之物，厚厚粘附着，与鲁迅的原文同时奏效，其中每个主题都被长串的定义缠绕着、捆绑着。它并不仅仅来自官府，也来自真心推崇鲁迅的几代人，在过时的逆向中，他们挟持着鲁迅。

眼下，倘若不是言过其实，《呐喊》与《彷徨》遭遇问世以来不曾有过的冷落（直到八十年代末，它们仍然唤起必读的尊敬与爱），鲁迅的读者即便不是大幅度丧失，也在逐年锐减（太多读物裹挟新的读者，逐出了鲁迅）。近年我以另一种理由，可怜鲁迅。我曾议论他，但不谈他的文学：我不愿加厚那淹没鲁迅的附着物。

当我五十年前阅读他，《呐喊》与《彷徨》已经出版四十年：这是鲁迅无法望见的历史。当初，他寄存于他的小说中的记忆，潜入被他视为昏暗的晚清，停在十九世纪末；此刻，我的记忆回向二十世纪六十年代，那正是死后的鲁迅被无数解读重重封锁的时期，他因此一步步令日后的青年倍感隔膜。

我庆幸儿时的阅读："文革"初年，一切文学均告休止，中小学停课，没有课本。没人摁着我的脑袋，喝问我：《孔乙己》与《阿Q正传》的主题是什么？我甚至不知道这就是文学。现在，新版的《呐喊》与《彷徨》旨在挽回文学的鲁迅吗？近时回想这些熟悉的篇什，我的感喟可能不在文学，而是时间。

罗兰·巴特在《明室》的开篇写道，有一次他瞧着拿破仑幼弟摄于十九世纪中叶的照片，心想："我看到的这双眼睛曾亲眼见过拿破仑皇帝！"这是过于敏感的联想吗？它提醒的是：在时间中，人的联想其实有限。阅读古典小说，譬如《水浒传》《红楼梦》，甚至略早于鲁迅的《老残游记》与《孽海花》……我们够不到书中的"时间"，可是经由巴特的联想，我似乎找到我与鲁迅可资衔接的"时间"：它直接勾连我的长辈——《彷徨》出版的翌年，1927年，木心出生了，属兔；又过一年，我父亲出生，属龙；而鲁迅的公子周海婴诞生于下一年，属蛇……我有幸见过晚年的海婴先生，彼此用上海话笑谈。

但在连接三代的"时间"之内，还有什么？

"秩秩斯干，幽幽南山""粤有盘古，生于太荒"，这是鲁迅幼年必须熟读的句子，长大后，他写出了《呐喊》与《彷徨》。

"天大地大，不如党的恩情大，爹亲娘亲，不如毛主席亲。"这是我幼年必须熟读的句子，长大后，我读到了《呐喊》与《彷徨》。

现在的孩子熟读什么句子？他们长大后，如有万分之一的青年选择新版《呐喊》与《彷徨》，而且读了进去，他们如何感知距离鲁迅的时间，包括，距离我的童年的那一长段岁月？

所有阅读回向过去，进入时间隧道。博尔赫斯说——我不记得原话了——当他阅读荷马，荷马并没有死，古书，会在今人的阅读中整个儿复活。我相信他的话。巡察我们今日的文化，绿林好汉与巨家闺秀，早经绝灭，但宋江与林黛玉活在我们的阅读中。《呐喊》，《彷徨》，不是古书，当我亲见周家的儿孙，我确认鲁迅不是封面的侧影，确认他的记忆与我的记忆，并非不可衔接——这是令人暗暗吃惊之事：新版的阿Q与假洋鬼子，新版的孔乙己和夏瑜，新版的祥林嫂和子君，其实仍然活着，并非旧书中的鬼魅。

呜呼！为敷衍编辑，我好容易想出以上这段话，随即发现，我可能又复堕入我所拒斥的鲁迅解读——鲁迅厉害。历来对他的重重叠叠的解读，恐怕并非无缘由。

看来我是说不出关于鲁迅的新的感想了。那是我的问题。本届诺贝尔文学奖获奖人阿列克谢维奇说及今日的阅读，正确地指出："一切都在溢出边缘，即便是文献的语言也正在出离原本的边界。"《呐喊》与《彷徨》的边界是什么？据鲁迅说，《呐喊》初版才印了八百册，今日的编辑则应该做一统计：上世纪三十年代迄今，这两册薄薄的小说集总共出版了多少册？它们早经成为文献。文献，即是指停止了活力的文学作品吗？

不，不是的。我愿补充博尔赫斯的意思：在阅读中复活的每一经典，迎对陌生的历史，交付新的读者。我多么期待今日的读者——假如真会有的话——做出新的鲁迅解读。

如今我已到了鲁迅尚未活到的岁数。当此新版鲁迅小说集面市之际，我却想钻回一无所知的童年时光，寻来旧版的《呐喊》与《彷徨》，与鲁迅单独相对。

"你抄了这些有什么用？"有一次，他翻着我那古碑的抄本，发了研究的质问了。

"没有什么用。"

"那么，你抄他是什么意思呢？"

"没有什么意思。"

"我想，你可以做点文章……"

因为不知怎样地收束这篇稿子，我取了《呐喊》的自序，略一读，读到鲁迅与金心异的这几句对话，噫！好久好久之前我对鲁迅的爱，又泛了起来。

2015 年 12 月 7 日写在北京

近乎小说的记忆

序谢舒《谢女士，谢女士》

　　海外华人写下的闲书，多多少少，近年常在大陆出版，照实说，我很疑心会有多少读者。早先的留学生文学、晚近的移民写作，虽则多有可写可说者，甚或夹带不少传奇，然与中原产出的文学一比较，究竟是边缘而零落的经验，不易捉拿人心。换在二三十年前，有谁去了域外，写了什么，发回来，读者尚有一窥留洋生活的好奇心，现在呢？

　　现在是连纸本书的读者亦告零落而边缘了。就我所知，倒是越来越多活在异域的中国人，稍有闲暇，便忙着搜寻网络，打探祖国的种种八卦——"讯息"，如今比"阅历"更有传播效应，更易俘获读者，谁还果然在乎他人的阅历吗？曾几何时，一个人的阅历（不管什么阅历）恐怕等于讯息，而讯息（不管什么讯息）将要替代人的阅历了。

五零后四零末这茬人，要论阅历，可谓多矣。有如一组庞大过滤器的经过之物，我们集体穿越了红色年代、饥荒岁月、"文革"风云、上山下乡、高考回城等，最后，若干事主居然得了机票，飞出国门……在这大抵相似而角色各异的共和国剧情中，眼下，我们无可抵赖地老了，人人肚子里一长串记忆，一大堆故事，感触、感慨、感悟，更是说不完，谢舒女士便是其中一位，不但身份典型，阅历也典型。

　　谢舒是"红二代"，是下乡知青，是军区文工团演员（因此她免除了那代人普遍的自哀自苦，成为蹉跎路中的骄子），她也是八十年代新文学兴起后的热情书写者之一（因此她发现自己除了表演，更热爱表达：十多年前，我曾有幸读到她的长篇小说的打印稿），经她坦然而生动的自述，出国后，她也曾出入于多数留洋者曾经出入的故事情节：做保姆、当雇员、求职、失业、创业……终于她渐渐与夫婿相偕成为平心静气的成功者，在晚年的闲适中，坐下来，搅动记忆，写出这本书。

　　海外华人写作者（女性居多）大抵都有一种被海外经历所赋予的倾诉欲，加上无以安顿的前半生记忆，我们个个觉得仿佛做了两世人。人生一世，可记可述者已然太多，何况两世！这真是写作的财富，也是写作的难：倾诉什么？怎样倾诉？倾诉给谁听？谢舒是练过长篇的写手，她会观察，会将各种细节悄悄连接这代人多到近乎错位的身份与记忆，然后，在她自己的种种故事背后，读者或许能在谢舒的个人经历之外，读到些别的什么。

那是什么呢？这可要读了之后，才能感知。

女性下笔不免有啰嗦之弊，一朝出国，尤有说不完的话——往好了讲，便是笔调的细腻、度人的体贴。我不敢说读了此书的每一个字，但谢舒记性之好，兴致之高，使我宁可将之当中短篇小说读。如今我已到了读不进小说的年龄，反而是讲述真人真事的散文、随笔、记述——我不知该怎样定义谢舒的体裁，也不在乎那是什么体裁——能使我读下去，并在书中的异国琐碎间，读到些别的什么。

那是什么呢？这也要读了之后，才能感知的。

我想，谢舒或者可以走回小说创作。多年前，我曾给自己杂乱的记忆写过数十篇短稿，题曰"多余的素材"，意思是说，我没有使这些素材成为小说的本领。现在，谢舒的私人故事使我无端觉得，她有可能走近，以至，几几乎进入小说的门槛——譬如纽约江湖的镇江老板仍然惦记深埋故里的金子，譬如死于骨癌的"小曹"早先曾是怎样一个人，……那是小说呀，谢女士！虽然起步已经嫌迟，但我辈今世所能亲历或目击的往事，想起来，写下去，都是可以当做小说看待的。

不记得是谁的话了："小说，是前世的记忆。"真有所谓"前世"吗？当我们这些活了两世的人写下亲历的种种故事，搁笔复读，常在当世与隔世之间，恍然迷失，将信而将疑。不晓得谢舒成稿之后，可有同样的感慨？

2016 年 6 月 30 日写在乌镇

离乱与顽童

读王正方先生回忆录《十年颠沛一顽童》

这本书的故事，与此岸青年有着两重深深的隔阂。

一重是时间的：今日的八零后、九零后是否知道，是否在乎，七十年前曾有数百万家庭从各省蜂拥逃难。

一重是地域的：除非你曾流亡而归不得，不然，你难以想象身居台湾的中国人如何终生背着大陆的记忆。

烽火流离，携家带口……这是自古不辍的历史剧情，离我们最近的这一场距今七十多年了。本书作者王正方并不在当年撤离大陆的人群中，而是稍早随他从事文字普及工作的父亲，举家迁往台湾办教育——受老教育家魏建功之托，他的父亲带一整套注音符号的铅字铜模子，去向对岸。

正方幼年亲历过抗战流亡，又目击了内战尾端的大迁徙。

2009 年前后，王鼎钧先生以漫长篇幅叙述那段历史的故事。大陆青年若是读到，会是感同身受吗？恐怕很难。许多经验是难以沟通的，而人对前辈与上代的记忆，不免淡漠，便是自家父母的故事，少年人也未必热衷。王鼎钧先生描述了无数流亡细节，以文学的说服力，再现我们几代人难以想象的场景。

而流亡的亲历者，太多太多了，眼下，年届八十的王正方以一个老人对于往事，尤其是童年往事的惊人记忆，絮絮叨叨，事无巨细，写成这本书。

那代人的童年，接连两到三次迁徙与逃亡，一次是抗战年代，一次是内战时期，紧接着再一次，是跟着国民党逾百万军政人员，败走台湾。在近年面世的回忆文字中，我们看见浩浩荡荡的南下人群中，有许许多多家属和孩子，近半个多世纪过去后，是这些孩子将历史还给我们。

大诗人痖弦，当年是河南初中生，清晨出发之际，痖弦的父母赶来递送干粮，哪个孩子乐意父母忽然出现在同学面前呢？痖弦将父母一把挡开，兴冲冲跟着队伍迈步上路了。

这一走，数十年，痖弦再没见到父母，被他推开的爹娘，又哪里知道就此与孩儿永别。2013年我在北京见到了年逾八旬的痖弦，问起这一幕。是啊！痖弦坦然说道，随即抬起右臂，奋力向后划动，连续做了挡开父母的手势，朝我们笑起来。他显然在无数次回忆中看到那一刻，当老来学着儿时的手势，他又变成孩子。

孩子的记忆，最真切。而历尽劫难，临老回忆时，仍像孩子般开心地叙述，是本书作者王正方的风格，可谓一绝。

但凡有涉抗战与内战的流亡之书，大抵哀苦之声，然而奇哉：如书名所示，这本《十年颠沛一顽童》，通篇不悲叹，不愤慨，从头到尾是孩子气的心境和话语。当他书写时，不免跌入全家人艰难悲酸的往事，但他同时变回那个时时刻刻不肯安分的顽童，任是数不清的苦、道不尽的难，俱皆变为他活泼泼的调皮相。

正方兄一口老京腔，三十六年前我们在纽约结识，当时他正有电影新作《北京故事》献映，自编、自导、自演，我接连看了三遍，感动极了。

其时刚刚出国，正为思乡所苦，我不但随他的电影重温北京胡同，且大大改变了回看中国的眼光：我从此知道一个人远在彼岸、异域，会以怎样的心绪回到故园；知道了虽是同胞，两岸的人生何其殊异而难以沟通。那年我刚满三十岁，因这部电影而预支了年迈后才会拥有的岁月之感：所谓"少小离家老大回"，有谁果真明白那是什么滋味吗？

我也在《北京故事》中初次领教了正方兄的男性风格。

沧桑归来而不落感伤，调笑如昔。这样一种情怀，二十世纪八十年代初很少有人领会。这部电影出现得太早了，如今它被忽略、遗忘，可是此后我再没看到同一主题的华语电影能拍得这么流畅动人。那是我出国后的第一堂历史课：啊，我们自以为熟知的北京、中国，藏着多少我们根本不知道、不了解的人与事。

眼下正方兄居然是八十老翁了吗？我们快有三十年不见了。当他电话邀请我为这本书写点什么，我立即听出是他，还有他那毫未改变的调皮。他怎样地调皮呢？在这调皮孩子的眼中，父祖辈的离乱生涯是怎样艰辛而顽强？请诸位读这本书。

2018 年 7 月 30 日

原色的郎郎 [*]

我所记得的郎郎的模样，是在四十年前，鼻梁挺，头骨正，十足帅哥，开口便是共和国腔调的京片子。那时郎郎三十五岁年纪吧，正在老美院 U 字楼教室举办婚礼，那天下雨，我路过，吃一惊吓：屋里正播放西洋的摇滚乐。

我瞧着郎郎，总不能相信他曾入狱，陪过法场。日后读他回忆局子里的文章，连连惊异，还是对不上他那张脸。

此后郎郎去了美国，又回中国，间中几次晤见，照旧言笑晏晏，谈锋健。他当年的朋友告诉我，出狱后与哥们儿头一顿饭，郎郎木讷良久，开不得口，因在关押中缄默过久了。倏忽四十年，如今他竟七十五龄了吗？上个月得

---

* 此篇应郎郎七十五岁画展所写。

到他一大批近年的画作，又吃一惊吓：哪像是古稀之年的涂抹，简直如少年人所画的大卡通，满纸天真，比我识得他时还年轻。

郎郎生在延安，父亲张仃是左翼阵营的画家，进城后当了领导。上世纪六七十年代，北京有这么一群来去生风的文艺高干子弟。"文革"之初，他们二十郎当窜上来，个个性情爽朗，照如今的说法，很"阳光"。多年后我才明白，他们的父辈便是民国年间顽皮透顶的左翼青年，以西洋人同期的概念，属于前卫人物，才情高，性子烈，孩子可就逃不掉基因遗传，与时代错位而遭殃了。以当年美术圈种种内部外传的政治八卦，郎郎最有名，蹲过大狱，险些丢了性命。

现在想来，那时的张仃老两口该是多么焦虑而慌愁啊。

做名家的子弟，其实委屈。因是张仃大公子，我常忘了郎郎也画画。一看之下，论来路，还能见到他父亲的影子。现在的青年对郎郎上辈的语境，实在太隔膜了：他父亲虽是投奔延安，之前，却是上海以张光宇、叶浅予为首的都市流行美术家之一，几几乎类似日后的安迪·沃霍尔之流与纽约的关系，上世纪三十年代，这群左翼小子就玩欧美早期现代主义的前卫花招了。

那年月上海文艺圈的弄潮儿，往往是"延安逆子"的前期生涯。到了五十年代，张光宇、张仃的流行美术被归到工艺口子，虽属贬抑，但也就假了工艺之名，在苏式宣传画路之外留存了所谓"形式主义"空间，郎郎在这路美学中长大，住家院子里全是老前辈，濡染之下，至今还能看出"毕加索加城隍庙"的美学遗传。

但他不再如父辈那样高举政治宣言，与时代相颉颃、相周旋：郎郎只是画画玩玩，抑或是老来的嬉戏。从反复出现的符号看——女孩、家猫、金鱼、鸽子——他的游戏感是随意的、轻快的、孩子气的，随手一勾，完全不见父辈的美学野心。可是那组想象的风景却是介入的、当真的、热烈的，恍如少年的梦。在我看来——不知是他的无意识还是潜意识——郎郎在画中不断追寻他的童年，试图抵达他闯祸被难之前的心境和岁月。那是完全排除了政治、社会、岁月，排除任何真实经验的世界，一个原色的、简单的，只剩快乐的世界。

我喜欢灰调子，迷恋微妙的差异，我不会像郎郎那般阳光，抹开橘黄、翠绿和纯净的钴蓝。我能明白张仃的儿子何以如此画画，但无法明白一个年逾七十的老男人何以如此画画。我记得五六十年代的共和国子弟如何阳光，但不曾亲历牢狱之灾和劫后余生：该怎样看待并解读郎郎此时的绘画呢？

那个年代的多少阳光男孩，被毁了，或苟活残生，自行枯萎……据我所知，劫难后的郎郎曾在八十年代动过手术，从那时起，据说在他胸膛藏着被器械把控的心跳。这是奇迹、命运，还是仅仅因为这条性命顽强？我们并非没见过能从刑场和手术台成功逃逸的人，可是这个人如今愉快地画画：或许，正因如此，这个人愉快地画画。

我希望以上全是错位而过度的解读——来自对人的经历与作品的附会，并添加想象。人无法装作愉悦，郎郎画出了一批完全看不到阅历与岁数的作品。他成功地抹去了，甚至不意识到他经历的一切，画得有如男孩，活在学龄前。

但我要赶紧追加一句：郎郎的作品，并不是儿童画。

2018 年 10 月 1 日写在北京

弘仁暴露了他的观看的位置 *

第一次在故宫见到弘仁的《黄山图册》，是十七年前。那时武英殿还没开放，展厅在东侧小楼，像七十年代县文化馆展室，作品简简单单排列在橱窗里。我蛮喜欢那种朴素的布展，没有喷绘说明之类，就只看画。

上世纪九十年代，我在日本昭和年代的黑白版图册中，看过这组画，好喜欢，见了真迹，才知道是浅绛，雅极了。弘仁是"四僧"之一，但我不了解他的身世，宁可像个"外国人"那样无知，只看画。

2017年，武英殿推出"四僧书画展"，我第二次看《黄

---

* 同年某期，《三联生活周刊》请到五六位史家与画家谈论故宫收藏，各人选一件，我选了《黄山图册》，写成此篇。

山图册》真迹。石涛、八大是宣传重点，不太有人观赏《黄山图册》，宋元以降的无数山水画，这是个例外的文本。

我向来留心"次要"的作品，《局部》谈过的易县罗汉也是中国雕塑史上一次例外。之前还有一次大规模例外：秦始皇兵马俑。论人体造型的准确性，兵马俑跟古希腊雕塑没法比，但表达中国人，太真实了，而且以规模胜，可惜它的写实性不可能流传，它们被埋葬了。

今年我刚制作了最新两集《局部》，叫做《线条的盛宴》，专讲山西四座墓的壁画。学者认为水泉梁墓壁画的艺术水准最低，比较过后，我以为水泉梁墓壁画最神。整个中国美术史几乎找不到这样的人物画……公元六世纪画的呀！隋唐、两宋，敦煌，没见过哪张脸画的这么灵妙，这么高贵。

我看国画的眼光很暧昧，不喜欢进入中国画传统话语。我弄西画，眼睛和观念早已西化了，但又和外国人看国画不一样——故宫收藏，多数会想到《韩熙载夜宴图》《清明上河图》《千里江山图》等，不会提《黄山图册》，那是偏离规范的个例，而且在我看来，无意间的偏离，最迷人。

古人如何构建一幅山水画？它和真山真水有什么关系？是无解的谜。我试图保留这种无解。它不完全是想象的，譬如范宽显然画的是北方山岭。之后，元明清山水文人画大致是南方的山水画史，在我看来，那些画并不试图让你辨别南方或北方，换句话说，大部分明代以后的山水图景是虚拟的，想象的，被重新构建的。

董其昌的"南宗北宗"不是指地理，而是不同的美学。我不想追究他的"南宗北宗"，我所迷恋和迷惑的是，为什么中国人喜欢虚构山水？

董其昌是松江人，松江周边只有孤零零一座昆山。我妈妈是浙江人，去过雁荡山，说昆山只是"坟墩头"，算不上山。可是董其昌在平原画各种各样的山，他的想象、参照，全是五代之后的山水画，以我的西画眼光看，那是不需要你信赖的空间。

我是个不可救药的写实主义者，一切在画中出现的景物必须可信，能和大自然核对。出于这种近乎庸俗的自然观和美学偏好，我遇到了弘仁的《黄山图册》。他和景物的空间关系——不论是他正好面对的那片山林，还是他自己站的位置——在元明清山水画里不容易找到，至少，很罕见。

元的王蒙、赵孟頫，明的沈周、文徵明、仇英、董其昌，清的"四王"，你想想看，他们画的景地，你去过吗？那是各种山林景别的组合，不管立轴还是长卷，你看到的是一片被重构的景别，不指向真实地点。

山水画史有过若干相对"真实"的作品。能举的例是

《辋川图》，从唐的王维到清的王原祁，历朝历代很多画家画过《辋川图》，都很好。好在哪呢？"辋川"是个真实地点，有几组建筑、园林、山头，不断被重复。但不管风格如何变化，那几组山岭和建筑群，出现在每个朝代的《辋川图》中。

对我来说，这就是可追寻可辨认的山水画。

另一个例子是黄公望《富春山居图》，我不敢说它是写生，但我去过富春江，一进山，我立刻明白黄公望当年必定长久在这里徘徊、观察，然后根据记忆，一气呵成。

《黄山图册》用笔偏工，不很写意，少烘染，多刻画……但这里不探讨他的风格，不进入传统画论和道家禅宗的语言游戏……我关心他的观看，一页页看下去，我发现，不同于多数山水画家，弘仁罕见地暴露了自己站立的位置。

我不可能因此看低其他经典，古典山水的好，好在旷观、虚拟、挪移。对董其昌来说，游历根本不重要，他从文本到文本，对五代宋元图式做出种种回应，他活在十七世纪，同期，西洋风景画才刚开始，中国人已经玩儿文本了。

到了清代，据说王时敏已敏感到山水画文本游戏玩太久了，用今语说，就是与自然脱钩。所以我会期待偏离规范的山水画，《黄山图册》就是一例。

但和《辋川图》《富春山居图》的全景观图式不一样，

《黄山图册》都是单页，每页截取一座山，一段路，一个村子……每个景点标注了名字，特意告诉观画人：瞧，这里是白龙潭、月塔、天都峰、油潭、文殊院……

大家知道，中国画是散点式观看，十之九囊括全景观，你永远不知道画家本人站立的方位。但《黄山图册》的每个景点，也就是弘仁站立的位置，成为观看的焦点，远近山林，朝他站立的方位，也向着他的目光，聚拢而来。

譬如《白龙潭》，如果你有过山中行走的经验，就能看出那是弘仁正在下山的途中，截取了一个画面，你可以从弘仁的俯瞰下望图中那间小屋，你甚至想象他认识小屋的主人。

《黄山图册》的好几个构图，极罕见。比如《天都峰》只画这一座孤峰，而中国山水画很少画单一的山峰。《散花坞》的视线配置，更罕见：前景几座矗立的峰崖，阻断了远处的山脉，正如我们在实景中远望。中国山水画局面通常是山峰与山峰的叠加，但在《散花坞》里，弘仁眺望远山的视线，被前景隔断了：他画出了被隔断的视线，这时，所谓"透视"出现了。

我不想说弘仁运用了透视法，那是没有意义的，他不知道透视法。但他偏离了规范。他无意识地——也许有意识，但无法确证——舍去了传统山水图式的全方位与完整感。这就是为什么我说，他暴露了自己的位置。

他是否真的在现场画了《黄山图册》，永远不可知。中国美术史叙述不关心作画的地点与方法，因此没人能够推测。这套组图和其他中国画一样，没有第一手文献资料，只有辗转收藏的记载，而后人的画跋没兴趣谈论他站立的位置。

如果假定弘仁是在家全凭记忆画黄山，那太厉害了。假定他全部在现场画成，也无法想象。即便在欧洲，全程户外的写生要到印象派才实行。中国画那套画法，需要水，需要磨墨，在他的年代，背着全套画具爬到山上画吗？

董源的《潇湘图》也曾给我这种感觉：他真的在岸边看对面，看船头上下的人。他已画到几几乎接近他看到的样子，但他的墨色烘染，一层又一层，美极了，不可能在现场完成。

古典中国画家到底有没有户外写生？当年徐悲鸿带入西方现场写生法则，从此水墨画家也被要求写生，直到五十年代出现"社会主义新山水"。傅抱石他们"深入生活"看真山真水时，仍抱着古典山水画记忆，图式一出来，大致还是虚拟景别，例如人民大会堂的《江山如此多娇》，那样的景，你见过吗？

我年轻时认识江苏国画家亚明、宋文治、钱松嵒，他们真的去写生，三峡、新安江、三门峡水库等，但画出后，我无法说那不是山水画，我也无法说那不是写生。究竟是什么呢？从那代人开始，人与自然的关系不再自然，山水画作为画种，被延续了，但渐渐变味。

这时回看弘仁《黄山图册》，很有意思。去过黄山的朋友告诉我，这套图册和真的黄山太像了，每一图简直像来自西方人的取景框——将近三百年前，没人告诉弘仁：你要写生，要反映现实与时代。这个和尚与自然的关系是自然的、自发的、自主的。

他偏离传统规范，但他的笔墨修辞，他的出家人的目光，全然是古典的。据说他崇拜倪瓒，他的萧远、枯淡，他组构山石林木的章法，归属宋元以来的大脉息。

据说弘仁生前非常著名，一画难求，《黄山图册》之所以不被格外关注，除了史家内部的是非取舍，也许是这位安徽和尚太内省、太谦逊，而这套精致的小图册毫无"客户意识"，会不会是他格外自赏的私画呢？但我没有证据，史家或许早有资料，我因此很想读到这幅画的真确的由来。

2020 年 12 月 28 日

目光与心事 [*]

　　你有过怔忪发呆的时刻吗——忽儿忆及很久前的一幕，思绪停止，不带情感，只是活活"看见"了自己的记忆——这时刻，就是老安的摄影。

　　太动人了。他成功地使观看者忽略，以至不觉察他的照片如何动人，就像他照片中的人并没发觉他。

　　远自五六十年代，常有爱中国的欧洲人来到北方与江南，寻找温馨朴素的人群（其中有抗战年代就来过中国的荷兰纪录片大师伊文思）。不用说，照相术启动的西方影像政治，早就开始了，不论作为新闻价值、历史文献，还是摄影经典，布列松与刘香成捕捉的中国时刻——1949

年、1977 年——最为雄辩。

老安的境界是这类精彩影像的反面。我一张张看着，想起他的意大利前辈德西卡（代表作《偷自行车的人》）与奥尔米（代表作《木屐树》）。但老安讲述的不是意大利故事，而是中国——奇怪，当他举起相机，好似并不身在"外国"，并不是看"外国人"。

如那一代西方留学生那样，他游荡着，着急巡看这庞大的国家。从 1981 到 1984 年，他四处漫游，然后，在某个下午，某个陌生的乡镇，这个老外走丢了，迎对某个角落，几个闲人，于是他站住：不像是要拍照，老安所有画面只是"遭遇"，"看见"，就像你我注意到什么时，脚步与目光，停了下来。

当然，他精于构图，精心到难以觉察。那可是欧洲百年摄影的观看基因——

譬如，远远的堤坝露出几面船帆，但他并不拍摄江面；在六角形窗格外，正好有张孩子脸补充了右下角；另一张照片的右角，四个烫发女子的背影正看一位在墙顶险步挪移的男子，左角，谢天谢地，有位正面男子挽救了构图。

老安摄取的景别，半数以上乏味到令人心痛。在一座酷似意大利经典影片《天堂电影院》的乡县电影院，竖着八十年代准许放映的外国片广告，一头猪，诚恳地走向空旷的影院门口。

在林中练武的僧人（也许是道士），在两棵树间的土墩上张望远处的农夫，构局多么好啊。

但老安在他的梦游中随时机警。有时他像走错房间，撞见一对母女正在吃饭，或者，在茂密枝叶间忽然发现藏着两位恋人，我猜，当他摁下快门之际，心中窃喜。

他喜欢拍摄人群的聚集——不知为什么聚集，就像中国天天发生的那样——各有各的完美布局。茶楼、牌房、啤酒屋，那些刚刚学着打扮的年轻人幸福地坐着。是的，他总能抓住八十年代方始展开的中国式幸福，连橱窗里的塑胶模特也凝着改革开放的幸福微笑。

那时我已离开中国。但他拍摄的场域、人群、穿着、神情，再熟识不过：我就是其中一位，带着第三世界的无知，去到纽约，想念宁静的祖国。现在那个中国再也没有了，我明白为什么当初老安在中国的乡镇角落，踟蹰发呆。

倘若我没猜错，七十年代后的意大利与西欧，老安不再能看到他父祖辈生活中的大面积淳朴，看到他这批照片中的人的眼神。那位备受中国人指责，但从心眼儿里热爱新中国的安东尼奥尼，恐怕是老安的前辈，而在二战中来到中国的左翼则是安东尼奥尼的前辈。

我希望这是妄猜，我所迷惑的是：为什么动人的中国影像多数是西洋人拍摄的？而当老安看着中国的百姓，他的目光为什么就像看着他的同村、同乡、同胞？

这目光打动我。我不记得哪位欧洲摄影家有过这样无间隔的目光。同时，这目光困扰我：当老安在中国游荡时，显然怀着一份意大利心事——那是部分欧洲知识分子的世纪心事，似乎非要去到前现代国家，才能了却这份心事，恍然寻获他们在西欧失落的记忆。

作为替代，那时，中国大幅度展开了欧洲人的前世。

八十年代的市民婚庆，盘桓郊野的恋人，午后闲坐的姑娘与小伙子，一条可能走不通的深巷，还有，和意大利穷乡几乎一模一样的庄稼地——老安的目光多么贴心，满抱同情、爱，甚至，温暖的羡慕，他好似巴望中国的乡亲允许他介入，带他玩，将这位老外视为自己人。

布列松曾说：他到过的每个国家都让他想要留下，过一辈子。我愿相信这真挚的一念。老安的目光有这个意思吗？我在他的照片中处处读到这一念。据说他在中国混了四十年。天哪！这是善良引发的病症吗？欧洲人才会有这种病，病到疯狂的边缘，一种被罗兰·巴特在《明室》中称为凝视照片之际才会发生的疯狂。

说实话吧，十多年来，我也感染了这种病。和老安当年寻来中国一样，如今我每年想去欧洲——随便哪个国家，最好是意大利——待一阵子。说来真是荒谬：若要获得中国的八十年代的幻觉，在我，只有一个去处——并非仅仅为了艺术——远未被现代景观淹没的欧洲。

相信吗，在费拉拉、奥洛纳堡、圣吉米亚诺，我随处遭遇老安在八十年代的中国所目击的老街深巷，无所事事的人，尤其是，纯良的眼神。老安会同意我的感触吗？但他一定同意，他用镜头饥饿吞咽的那个中国、那些中国人，如今再也看不到了。

这是家国之感与时代巨变的错位，抑或我与老安的彼此错位？倘若当年他曾拍摄我，我不会明白这老外在干什么，更不明白我自己。人需要被他人的目光和异域的景观随时提醒。改革开放初期，中国人浑然不知自己的家国正当何种语境，老安，提前用摄影扣留了永逝的八十年代。1984 年、1986 年，伟大的贝托鲁奇，伟大的帕瓦罗蒂，先后来访中国——那时，老安已是资深的游荡者——庞大的帕瓦罗蒂骑着自行车在长安街驰骋，满脸狂喜，而贝托鲁奇说，最吸引他的是什么呢？是满大街前消费时代的脸。

老安爱中国。我爱意大利。在异域游荡着，揣着相似的心事，我们各有各的乡愁。

2020 年 12 月 1 日

白昼将尽 [*]

作诗而画画，画画而作诗，想必有格外享受。单是画家，单只写诗的人，无缘亲尝那份愉悦，我便不能。虽然熟悉绘画的愉悦，但瞧着岛子接踵而至的画作，我感染到陌生的快意。

那是往来于诗画间的快意吗？"焚书""海之祭""正午的黑暗""盲天使把闪电织入被掳掠的头颅"……我不相信他事先拟就了这些诗句。起手开画，他便不再是诗人——纸笔的狂欢归于另一维——待画完，诗人醒来、跃起、介入，于是有"义人挽歌""先知之颅""世界汪洋""不要温顺地走进那个良宵"。

---

* 　此篇应诗人岛子为他的画展所写。

什么意思呢？我不猜画题，我也不猜他的画。即便他藏身绘画乃因绝望，绘画，仍是极度愉悦之事，与情绪、思想、观念，甚至诗意，可能并不对接：绘画近于游戏。

（或许作诗亦然，但我不知。）

而岛子不是我们通常遇见的"业余"画手。看他驾驭尺幅和图式的肯定、率性、多变，落笔把控的自主、自发、自由，俨然资深画手，令我惊异的是，他的第一幅画成于新世纪初年，已经四十多岁。倘若没有进入画道，他不会持久不息地画，不会呈现愉悦。

（画画因此使他的诗多了别的什么吗？我也不知。）

太阳、头颅、海、烛，还有种种形变的翅膀……那是岛子偏爱的意象还是主题？为什么？他的画令我回到八十年代。此前此后的岁月，不再有八十年代正当青春的诗人才会被激发的放诞，那放诞缘自一种隐秘的，日后被断然中止的，来不及实现的极度温柔——渴望自由、飞升的温柔，它注入诗，然后，倾泻于绘画。

我不知道八十年代的气息该不该叫做"放诞"，但在岛子的画中，我目击被扭曲的温柔、飞升、自由感——只能闷住自己、无声地大喊大叫的自由感——变成水墨。

但绝不是"国画"，除了水墨工具，也许加上题款和印章，岛子的绘事与我们所说的国画无涉。对应所谓"自由诗"，这些画或可视为"自由画"，曲线、直线、弧度、旋转、整合、割裂、溶解……在纸面上，他暂且舞弄地自由坦白道：他并不自由。

这时，《圣经》隐现了。《圣经》，绝非仅仅指向宗教，而是艺术家的恒久资源：词语的、想象的、有所指归的、没有界域、穿越时间……那是一条找不到出路之后的出路，而《圣经》非常"具象"。当岛子忽然在诗外获得绘画的应许（眼看自己完成了第一幅画，他想必狂喜），《圣经》立即应许了他，令他寻获另一个自己。

（是这样吗？我仍然不知。）

一个人能作诗，能画画，该多好啊。岛子有福了。我偏爱他的哪幅画呢？我会说，是那幅《白昼将尽》。

2021 年 2 月 26 日写在北京

书画的活水

序林曦《书法课》

大家知道，二十世纪之前，中国并没有艺术学院。大家又都听说，所谓"琴棋书画"，古时候的官员、门客、各色闲人，乃至平民庶子，都能来几下子，遇到格外聪颖而勤奋者，便成了优异的琴手、书家或画家。

他们如何习得？哪里习得？含糊的答案是：从前的风气便是如此，具体的来路，则私塾、家教、馆所、笔会、诗社等，都能是传授之道，教习之途。齐白石从一介村夫而名扬京沪，就是从各级乡绅雅集混上来的。

要之，古典书画的养成与传递，深藏家庭和社群，构成世世代代的生活景观，今人将之抬高、架空，泛称"文化"，而文化的眉眼神情，其实很具体的。

譬如在古人那里，诗文书画，是酬酢交际的常态和雅兴，并非如今时的学院教授，算一种正职或身阶。王羲之、颜真卿、苏东坡、于右任，原是高干，一辈子从政议事，甚至领兵打仗，以至于颜真卿殉国、苏东坡流放、于右任流亡。那时若有人称他们书法家，那是看低了领导，简直不敬。

除了宫廷画师，文人画兴起后，擅书画者也不见煞有介事的职称。元代女画家管道升是赵孟頫的太太，是个"家庭妇女"或"干部家属"，画得好，于是留名。搁今天，或许高封为"国家一级画师"吧，而且印在名片上。

中古近古的书画如何买卖，我知识太少，不得知。反正宫廷画家有朝廷养着，寺庙道观的装饰，则是画匠的工程。扬州、金陵，曾是著名书画市场，乃有扬州八怪、金陵八家。清末民初的京沪书画买卖已近十八九世纪的欧陆画廊，职业画家和收藏家，于是顺理成章。吴湖帆、张大千，笔笔仿古，却是现代人，还做大笔的文物生意。当然，他们拜师出道，都有来路，但肯定弄不清什么叫做艺术学院的本科生、研究生、博士生。

百年大变，中国出现了艺术学院，且愈演愈烈。学院的种种"必要"，不去说了，但有两大后果，庞大而畸形。

其一，学龄外的人群不在招生之列，全社会爱艺术的人，不得其门而入。其二，由此而养成的所谓"专业"观，向全民覆盖了专断的——却被认为是正当的——价值观：非学院出身的艺术家，被视为不专业、没资格的群体。学院内，则学位是水准、职衔、地位，乃至利益的唯一标准。

以上二者，互为因果，眼下是休想改变的。

改革开放四十年，社会空间逐步开豁，传统记忆初告苏醒，艺术生态的自发、自洽、自主、自然，渐露生机。不同年龄身份的男女在各种书画的小沙龙、小班子，发现了自己的才情与寄托，学院门墙外，书画之道总算有了活气。

但这股活气，仍有问题。墙内的专家固然不屑于闻问，而所谓"专业"的魔咒，深入人心。无数书画艺术的门外汉、门外婆，个个自甘"业余"，各种少儿绘画班，则日后多半进入考前利益链，为墙内的酱缸新添人丁。总之，大众的所谓"美育"，还是只有一道窄门：学院。

古时候源远流长的家教、雅集、人文土壤，如今不可能了。唯其如此，有理想有层次的书画教学，理应重拾书画的愉悦和自主性，去除考核与功利，将书画艺术的真精神、真风雅，还给书画，还给热爱书画的人。

这时来看林曦女士近十年的一摊子教学，倒是苦心经营而又能善作调理的美谈。

林曦自小浸淫书画，笔墨随身，日后成了中央美院硕士生，但她受惠于相对多元的时风，凭自己单纯的一念，认定书画是爱悦之道，推己及人，则许许多多男女有着同样的爱悦，于是有了她所领衔的这么一个班子，来者只管学着做便是。

社会上许多班子原出于同样的初衷，然而学员们自甘门外，自命休闲，书画品格的追求，便不会高远。此所以林曦的苦心是不愿降低书画的格。看她循循示教兢兢传授，看她学生的总体状态与平均水准，可见这种教学一点也不比学院的松散。

此外，她的善作调理是为盘活书画的教学。她阶段性更新教材，开发相关产品，借网络之便，设立线上教学。书画有格，教学有趣，向学之事能内化为精神生活，又使日常生活平添亮色了。

魏晋唐宋太远，而书画是连接传统的活记忆。活的记忆总要新的思路、新的手腕，得以传递。林曦以一介手艺人的勤勉，在做这件聪明愉快的事。眼下她为书法爱好者新撰的教科书将要问世，以上算是一点粗浅的感触吧。

2020 年 6 月写在北京

在小说中呈现的万玛才旦[*]

电影是否非得讲故事？这是可争议的话题。导演是否该写小说？不必争议：导演就是导演，多少编剧和小说家等着导演找他们呢。

嗜好文学而终于去拍电影的个例，却是有的，眼前的万玛才旦，又是小说家，又是好导演。在他手里，文学如何走向电影，电影如何脱胎于文学，可以是个话题。

我喜欢万玛的每部电影，好久好久没看到这么质朴的作品，内地电影好像早就忘了质朴的美学。什么是质朴呢？譬如阿巴斯。谁会说阿巴斯的作品不好吗？可是谁能

---

* 此序为西藏导演万玛才旦新小说集所写。一年后，万玛夭折，我写了纪念文，收入《除非我们亲历》。

拍出他那种无可言说的质朴?

在万玛那里,"质朴"是天然的,虽然他的每部电影,故事各异。

是因为西藏人才有的那种质朴吗?没有简单的答案。宗教,是渊源之一,而万玛的影像故事处处是当今时代的日常生活。当然,他十分懂得影片能够给出、应该给出的悬念、惊奇、细节,但他的每部电影都被他天然赋予了质朴的语气。

在万玛的汉语小说里,质朴呈现为"本色的写作"。藏语,是万玛的母语,他实现了语言跨越,用汉语写小说。我们不能计较他的修辞与文采。他的汉语表达类乎大学的语文写作:老老实实、中规中矩、平铺直叙。

这不是对他行文的贬抑,而是,小说自身的魅力、说服力、生命力,亦即,说故事的能量,尤其是想象力,被他用有限的词语建构起来。

万玛早期的若干小说,我读过,有位"站着站着就能睡着"的姑娘,难以忘怀,这就是小说家的天分。换句话说,什么能进入小说、成为小说,万玛异常敏锐。他的写作还活跃着另一种想象力,指向西藏的神话与民间故事传统,讲说奇幻故事,而其中的人物似乎个个活在今天。

我不知道这是出于想象力,还是写作的野心。

眼前这批万玛的新小说，展示了进一步的雄心和自信。他的篇幅比早先加长，扩大了故事的跨度，人物、情节、主题，更形复杂，除了他写惯的西藏乡村，小说人物开始进入城市，进入摄制组，进入咖啡馆，进入诗人的日记……原先的乡村主题也增添了叙事的幅度，故事更抓人，情节更离奇——当然，他再次尝试将西藏神话和寓言添入他自己的想象和价值观。

我读着万玛的小说，很难忘记他的电影。在他手里，电影与小说是两件平行的、愉悦的，还是未必交叉，却又彼此启发的事？

书写早期小说的万玛，并不知道还要过二十年才会去拍电影，那时，他的夙愿是当个作家——相对于内地梦想当导演的小子，一个藏区青年的电影梦，不知要艰难多少倍。他聪明而勤奋，用藏汉语写小说，并彼此翻译，二十多岁就发表了小说集。他不知道，这些小说悄悄孕育着他的电影。

有趣的是，新世纪初当万玛进入北京电影学院，开始拍处女作，他还认真写了剧本，并未意识到先前的小说可以"变成"电影。但很快，他充满故事的脑袋想到了自己的小说《静静的嘛呢石》中的部分情节——这也成为他这部动人的电影初作，而觉醒的电影意识告诉他，必须转换为影像语言。之后,《塔洛》《撞死了一只羊》全部采用了他的早期小说,并在电影中丰满了故事的羽翼。

现在,当万玛推出这批新小说时,他已是个获得肯定的导演,经验丰富,深知构成一部电影的所有秘密,但他仍然热衷于写小说。

问题来了:理论上,从此他的每篇小说——文字的编织物——有可能成为电影剧本。我无法知道当万玛继续写小说,他内心是否会掂量:这篇小说能不能变成电影?而我,他的读者,因此被万玛感染了一种微妙的意识:他使我在他的小说中,想象电影。

最近他写了些什么呢?

譬如《水果硬糖》里那位神奇的母亲。她的头胎日后成长为理科优等生,十多年后,第二个孩子被发现是位活佛。可能吗?为什么不可能!我愿相信这两兄弟跨越了西藏的过去和今日,这伟大的生育如草根般真实,我也愿意将这篇小说看作万玛的又一个寓言:西藏,就是那位母亲。

《故事只讲了一半》,回应了万玛的早期电影《寻找智美更登》。那是找寻传奇的故事,在万玛的主题中,他的故乡一再回到对高原的记忆,而这篇故事的讲述者突然亡故,将记忆带走了。

《切忠和她的儿子罗丹》,再一次,万玛采用了叙述中的叙述。那是他格外擅长的本事——他的两部电影嵌入了故事中的故事。《寻找智美更登》的中年人在车里一路讲述恋爱往事，不知道他身后坐着失恋的姑娘，跟车去找恋人讨个说法；《气球》中那条次要的线索，动人极了：因失恋出家的姑娘意外碰到前男友，发现他俩的爱与分手，已被男友写成小说。这位尼姑多么想读到那本小说啊，然而被她的姐姐，女主角，一把扔进炉膛烧了。

《特邀演员》的焦点，是那位老牧民与少妻的关系，第一次，万玛的小说出现了电影摄制组。那是二十世纪的新事物，与故事中以古老方式结合的草原夫妻，遭遇了另一种关系。万玛似乎从未忘记在他的视野中双向地触及"过去"与"今天"。

少年同学的斗殴、寻仇、扯平、和解，在《一只金耳朵》里获得泼辣的描写，直到出现那只硅胶假耳，那只金制的耳朵。斯文寡言的万玛令我看到他的另一面：他从暴力景观中看到喜剧感，而他对暴力的观察与描写，在我看来，多么纯真。

《你的生活里有没有背景音乐》，逸出了万玛惯常描写的空间，进入咖啡馆和两个人兴味盎然的漫长对话。我不知道现代短篇小说是否影响了万玛，而"背景音乐"似乎又来自电影思维。咖啡馆生活呈现了当代藏区文化——多么不同于四十多年前我去到的那个西藏啊。

改编自民间故事的《尸说新语：枪》，可能是最令我信服的一篇。阴阳转世、鬼魅托尸、人兽变异、起死回生……原是各国各地区民间传说的"老生常谈"，而在西藏"故事"中竟被假托于"尸"，也算一绝。万玛是个酷爱倾听故事的男孩，他甚至将西藏的民间传说译成汉语，出版了《讲不完的故事》，在古老的故事素材中，万玛在重构中给出了新的可能。

在这篇小说中，他抓住了"故事"这一观念："讲述"与"聆听"的双方都愿付出生死代价，换取"故事"。而成为导演后的万玛不肯止步于老调，他擅自在故事里塞了一把枪。枪，可说是电影不可或缺的道具，经万玛这一转换，人们百年之后读到这个故事，将会知道在我们的世纪，人对付鬼魅时，手里多了一件武器。

《诗人之死》似乎能够成为电影的脚本——很难说这是个悲剧故事，但在万玛的小说和电影中，爱情总是纠结的、反复的，忽而闪现希望，结果归于失败。"坟地"，是诗句，也是诗人的结局，又成为小说的意象。我想知道：是什么使万玛这样看待爱情与婚姻？

《猜猜我在想什么》，是我格外偏爱的一篇。那像是一组电影镜头，然而主角的一连串内心活动，完全属于

"小说"。当"洛总"大叫："这些人当中随便杀一个就行"——小说到此煞住——万玛却给出了电影画面般的震撼（我会想象镜头掠过所有惊恐的脸），然而，却不很像电影的结尾。

我从未试着谈论小说，不确定以上解读是否切当。能确定的是，万玛以他难以捉摸的才华，令人对今日西藏的文艺活力，刮目相看。他一部接一部地拍电影，一篇接一篇地写小说，带动了一群西藏文艺才俊，其中包括他前途无量的公子。在内地的电影与文学景观中，西藏创作者的介入，已是清新的潜流，这股潜流，始于万玛才旦，而且，始于他泉水般涌动的小说才能。

2022 年 2 月 5 日

初作的位置 *

第一件作品，不可小看、不可替代、不可超越。

为什么不可小看？因为那是婴儿的第一声啼哭。它当然幼稚，有如胚胎、嫩芽，饱含生命力。

为什么不可替代？因为作品从此离开它的胚胎，长大了、成熟了、精彩了，休想再次返回童年。

为什么不可超越？我指的是作者自己。没有一个伟大艺术家在中年和晚年，再度拿出他的第一次。

费里尼的《大路》，特吕弗的《四百击》，戈达尔的《筋疲力尽》，路易·马勒的《通往绞刑架的电梯》，我相信他

---

* 今年5月万玛才旦逝世，6月，上海电影节推出万玛作品专题，我为万玛的初作《静静的嘛呢石》写了这篇文字。

们回看自己的第一部，全都无可奈何。第一件作品的背后，躲着上帝。上帝推了一把，然后它自己往下走。

再看看张元的《妈妈》，贾樟柯的《小武》，毕赣的《路边野餐》，胡波的《大象席地而坐》。贾导后来一路成长，但他知道，休想再来一部《小武》。胡波，第一部就是最后一部，太可惜，太可惜。

在第一件作品中，作者的天性、气质、才华、魅力，全都在了。它是作者的第一个孩子，又是日后同一作者其他作品的母亲。

《静静的嘛呢石》是万玛第一部长片。多么纯真，正像影片中那个男孩儿。那男孩儿，也是中国电影百年史上第一部藏族导演独立编导的藏语对白电影主角——能小看吗？能替代吗？能超越吗？这就是万玛的电影生涯中，初作的位置。

2023 年 5 月 30 日

你们写不好的

序夏春锦《木心编年事辑》

现代中国作家的简历，以我所知，木心的自撰为最简扼，仅三十六字：名字、生年、籍贯、学历、客居地。他去世后的版本，添上他归来到逝世的年份，也才够五十字吧。

现代中国作家出书最迟者，就我所知，恐怕也是木心：五十六岁抵纽约之前，他从未在中国发表过一个字。首册简体版文集在中国面世，他已七十九岁。

当今市面，这几十字会是何种效应，木心当然知道，怎么办呢，他一再引福楼拜的话，叫做：

呈现艺术，隐退艺术家。

这是他的立场，他的游戏，他的公然的骄傲，也是他的经历所含藏的苦衷。而在晚年访谈中再次说起同样的意思，他忽而笑道：

艺术家真的要隐退吗，他是要你找他呀。

这是真的。木心的每句话周边必会站着别的意思——"他要你去找他呀"——梁文道说起过有趣的观察，他说："五四"及今，读者读了书还想趋前面见的作家，除了鲁迅和张爱玲，第三位，便是木心。

鲁迅与好些晚辈作家的行谊，不消说了。张爱玲却不肯见人，至少，很难见，木心与她同调。2009年我亲见晚晴小筑门外站着一位愣小伙子，从广西来，苦候终日，天黑了，老人就是不见——只老苍苍说了句："哎呀，这要怎么弄法：陀思妥耶夫斯基的弟兄找来了。"——其时秋凉，这孩子穿着T恤，木心嘱咐给他买件单衣。

在纽约期间，我也亲见不少访客被木心婉拒。2003年，耶鲁大学美术馆为他办了他一辈子最体面的个展，老头子居然不去开幕式，记者找他，他也推阻。

一个毕生不为人知的作家，迟迟面世，却刻意回避读者，国中文界殊少这样的个案。西方倒是不罕见，最近的例，是备受瞩目的意大利女作家埃莱娜·费兰特，除了介绍书面采访，她坚持不进入宣发出书的任何环节，至今不露面，不发表照片。

木心不露面，还不肯接受当面的采访。直到他的葬礼，各地赶来的上百位青年才见到他，而生前在书页中介绍自己，这个人只肯给几十个字。

其实他越是这样子，读者越想见他。

他不写回忆录。他说，回忆录很难诚实。但有谁到了中年晚岁而不回想自己的往昔吗？遗稿中，我发现他在世界文学史讲稿最后一页，写着平实而简单的记述——那年他大约六十六岁——某年在哪里，某年到哪里，某年被关押……这是他唯一的"年表"，自己看看，没有发表的意思。近时《木心遗稿》拟将出版，在数十册小小的本子里，不下十次，他零碎写到某段往事，同样简洁，譬如抗战期间避难嘉兴的一段：

小学四年级

租住燕贻堂

出入天后宫弄

秋季运动会

一百米短跑冠军

看上女生了

她叫盖静娴

她是不知道的

结伴拔草的男生姓周

头发黑得发乌

级任老师特别好

钱之江，现在还记得

　　忆写往事，木心鲜少渲染，直陈年份、地名、街名、
人名。显然是在自言自语，毫无示人的企图。遗稿中另有
两组更"庞大"的名单，一份应是上海艺专的同学姓名，
另一份，是他寄身近三十年的工艺美术工厂员工名字。我
想，晚年木心是在不断不断反刍行将过完的一生，而当转
头面对外界，他只给几十个字。

　　读者不会放过他，学者更不会——桐乡的夏春锦先生，
可能是试图追索木心生平行状和家族谱系的第一人。为读
者，也为文学研究，他苦寻资料，试图拼接木心简历之外
的一生。我如何看待他这份工作呢？

　　以下的意思，或许不能说服人。

　　我不认为读了文学家的生平，果然能认知"那个人"，
甚或有助于理解他的文学。生平、文学，不是核对的关

系。一份处处求真的传记，可能布满善意的错讹，即便再翔实，也不可能破解卓越的小说、神奇的诗何以卓越、何以神奇。

西人云：作品有时比作者更聪明。艺术家最为隐秘而珍贵的一切，全然凝在作品里、字面上。倘若好到不可思议，这不可思议的种种，分明裸露着，却未必见于他的生平。

真的。倘若我是木心的侄甥，仍无法获知为什么他能写出"你再不来，我要下雪了"。交往二十九年，有时，我巨细无遗介入他的日常生活，他开口，我便知道会说什么，但我还是不明白何以他在赠我的诗中写出"仁智异见鬼见鬼，长短相吃蛇吃蛇"。

木心逐字解释了——还特意说，"蛇"的读音应作"啥"——但于我而言，仍是谜。我喜欢谜，为什么要破解它？

为人立传，很难很难，甚或难于文学。作传者的功力、品性、大诚恳，等同创作。恕我直说，我不记得看过可读的中文传记，并非作传者不良，而是，恕我妄说，自引入西洋人"传记"体写作迄今，现代白话文水准尚未准备好书写体贴入微而知守分寸的人物传记。

我并非为木心专来说这番话。我也不曾与他深谈过：为什么不写回忆录，为什么不要相信传记。我是以自己的经验，或曰"痛感"：艺术家之为艺术家，是苦心交付给作品的另一个自己，为什么读者总想离开书页，掉头找"那个人"？

我不认为谁能写谁的传记。人，人的一生，何其复杂，而况木心。早年我曾热心读过一二册鲁迅传，丝毫不令我豁然明白鲁迅，那是另一人的想象，另一人的手笔，读过即忘，而每次读鲁迅的随便哪篇短文，瞬间，我便与他面对而坐。

这一层，木心说得痛快，近乎板着脸："不要写我，你们写不好的。"

但我知道，木心身后必有人要来写他，琢磨他。这是令我无奈到近乎痛苦的事：我目击他如何守身如玉，维护私己。他渴望尊敬、荣耀、文名，但绝不是希求后人写他的传记。除了他的作品，我不指望世人了解他，认真说，我也并不自以为了解他——那才是木心之所以是木心。

以上的话，我愿如实说给夏春锦听，也说给读者听。我爱敬木心的理由之一，是不愿看到他成为身后有传记的人。我不得不坦言，夏春锦发来的书稿，我不曾读，在我的恒定的记忆中，那个长年与我倾谈言笑的人，才是木心。

没见过木心的读者，怎么办呢？好在眼下这本书是"木心编年事辑"，不是传记。谢泳先生为此书写了序言，他以中国"年谱"这样一种传统体例，肯定了春锦的工作，他说：

> 年谱是中国传统史学的独特体例，和方志一样，均是西方历史著述体例中不曾出现的文体……年谱的学术生命力要高于专著，专著如非名著，很难打败年谱……这是第一部关于木心先生的年谱，虽然春锦谦虚，只用了"编年事辑"的书名，其实这就是一部合格的年谱……以后再出新谱一定是建立在这个基础之上，今后的木心研究也绕不开这部年谱，如果木心研究可以持久，这部年谱也就不会过时。

这是平实剀切的话。我不是学者，该从自己与木心的漫长交谊中，退开几步，放下己见，顾及众多爱木心的人。夏春锦所做的事，当然念在日渐增多的木心读者。三十多年前，木心毫无声名，我俩在曼哈顿人流中且走且聊，或在厨房煎炒烹煮，相对抽烟，万想不到桐乡有个青年，名叫夏春锦。

2021 年 2 月 24 日写在北京

回看袁运生 *

　　终其生，袁运生在两种美学间持续冲动。其一，西方现代主义的综合影响，其二，华夏美术传统的庞大记忆。晚年，他不太提及前者而高标后者，好在作品更有说服力：运生的每幅画，直白无忌。

　　林风眠、张光宇、庞熏琹、张仃……尤其是袁运生受教的董希文，已经在二十世纪三四十年代试图搅拌以上说及的两种大美学。他们的晚辈，袁运生，飞扬跋扈的绘画天才，比老师们走得更远。他因此两度成为当年的先锋画家。

　　前一次，是他在央美学生时期的《水乡的记忆》，那

---

*　　此篇为 2022 年上海龙美术馆为袁运生举办的回顾展所作。

幅画首次带入了墨西哥西盖罗斯的影响，时在1962年。那是苏联社会主义现实主义覆盖共和国美术的盛期，青年袁运生的前卫性当然被视为异端，他被罚去东北十余年，其间，几乎没人知道这幅画。数年前，它在运生的另一项展览上终于出现了，时隔六十多年，有如文物，当年的叛逆性，不免消退了。

后一次，是机场壁画《泼水节——生命的赞歌》，被公认是此前三十年教条美术的决定性破局，时在1979年。画面首次出现的女裸体成为国际新闻，掩盖了这幅创作被当时急于求变而予以容忍的现代主义价值，其中可辨认的综合影响，来自莫迪里阿尼、毕加索、古图索、墨西哥壁画、敦煌壁画，造型主干是袁运生的卓越白描，然后被赋予过度绚丽的南国色彩。

相较学生时代的流产叛逆，中年袁运生向社会提呈了大规模挑衅，并为共和国绘画获得首次国际性关注。日后的在野画会、八五新潮，其肇因，其初端，始于机场壁画。当时激进的艺术青年一度称他为本土"现代艺术旗帜"。

四十三年过去了。今日绝大部分艺术青年不清楚，也不在乎这些往事。和当年抹杀传统的教条主义绘画一样，本土当代艺术的集体性格，是故意健忘，好像当代艺术的一切全都在1985年突然降临，之前的历史，全部空白。

我辈尚有记忆。机场壁画问世翌年，1981年，袁运生有敦煌之行，参酌毕加索式的形变与结构，摹写北魏唐宋的壁画、泥塑，笔力雄健，之后，他写成《魂兮归来》，慨叹民族美学的长期失落。此文轰动一时，当其时，没人清楚国门开放后的走向，没人预知五年后会发生本土现代主义运动。

1982年夏，袁运生赴美。抵达纽约初期，抽象表象主义老将德·库宁，波普艺术翘楚琼斯、劳申伯格，均与他有过热忱的对话。相较徐悲鸿等留法一代、罗工柳等留苏一代，这是共和国画家首次与二战后美国现当代画家的直接交往。

同期，欧美后现代新表现主义（亦称"新绘画"）新秀汇聚纽约。我记得袁运生对意大利"三C"，德国伊门多夫、基弗，尤其是美国的施纳贝尔，大感兴趣。未久，他告别早期具象画路，大胆变形，作风更其放诞恣肆。

但他没忘记敦煌，没忘记"魂兮归来"。1983年，袁运生受邀为波士顿塔夫茨大学图书馆绘制大型壁画，初尝新表现主义的大尺度自由，全画带着行为绘画，甚至涂鸦的快感，但壁画的主题，则是他刻意选择的《山海经》神话：《共公怒触不周山》（第一部分）、《女娲补天》（第二部分）。第三部分，袁运生带入了自己对人类图景的宏愿：金童子之梦与人兽和谐的田园诗。

这是《山海经》故事第一次以壁画形式出现在异域。当 2008 年奥运会点火仪式向全世界展现"夸父追日"，没人知道，早在二十五年前，袁运生独自在美国大肆描绘了同一主题。

没有一个中国艺术家在八十年代抵达纽约后，不会被庞大的后现代文化所震撼，而这种震撼，不可能不在内心引发尖锐的失落与自尊。机场壁画后，袁运生的才华和野心刚刚发作，现在，迎对更自由的表达（那是他中青年时代无限向往而不可得的刺激），他要在他的两个源头之间找到更大的理由，再次发作。

他"痛并快乐着"。居停纽约十余年，袁运生内心逐渐发生剧烈变化，他越来越自外于纽约当代艺术世界。在他画室层层叠叠的大尺幅画布上，民族美学的精神资源（旅居纽约后，这资源发生了新的意义），他曾呼唤的"魂"（他认为并非仅仅是他个人的价值），带给他新的焦虑、新的愤怒、新的驱动。

那是他高产的时期，但他不找画廊，不办展览。再一次，他成为他在国内闯开的那个局面的叛逆者。

如前述，他曾二度针对中国本土绘画的沉滞局面（教条、狭窄、压抑），率尔破局，那时，他的勇气与资源，指向西方，指向现代性（虽然他不可能出国），并自觉背负着林风眠、董希文未竟的理想。要之，他的破局带有宝贵的文化张力。

如他此前的叛逆模式（在我看，来自他的性格），他渴望英雄式的历史感，这时，魏晋唐宋的记忆是遥远的救赎，近乎美学的伊甸园，在那里，他从新表现主义绘画借取的爆发力，会被他引向在他看来更高、更宏大的美学，这美学，全然归属我们的祖先，而在他此刻置身的纽约，"民族"意味着"世界性"。

这是真的吗？至少在他的画布上，他用新表现主义语言追寻的民族魂魄，在他的纽约画室里环绕着他。

1996年袁运生返京定居，执掌母校第四工作室。他带领学生去西北寻访汉唐遗迹，试图从学院美术教育的核心据点，用中国造型传统冲击、转移，甚至颠覆实行近百年的西洋造型基础教育（过去四十年，所谓基础教育以素描考试的方式，变本加厉）。他的做法是：将中国历代经典雕塑翻制模型，供在美院摆放古希腊古罗马石膏像的圆形陈列室。

除非破除坚不可摧的素描考试制度，今日的学生不可能理解他近乎疯狂的苦心。我确信袁运生的真挚，因为破解素描考试是早该施行的举措，但没有人能够破解，他的壮举,反衬了华夏早古的魂魄其实无法追回（一如古希腊、古罗马艺术在现代欧洲遭遇的同一语境），但这位中央美院的"老资格叛徒"在母校坚持这么做,校方没人能够奈何他,唯旁观袁运生成为新世纪的堂吉诃德。

这是他晚年的又一次叛逆。不同于指向西方现代性的机场壁画,这次,他的崇高意愿来自民族美学。有趣的是,央美第四工作室标榜当代实验艺术,当袁运生获得此生唯一一次短暂的行政权力后,他将第四工作室做成堂吉诃德的风车。

但他比堂吉诃德幸运,做成了他非要做的事,却不知道什么是机会主义。他最凶狠而快意的事,即挑衅与叛逆。有一次他近乎完胜,那就是机场壁画,此外,他似乎总是面对无人之阵。

我不会说袁运生是失败的英雄,他从不气馁,只要画画,他就是个狂喜的,或者,正在生气的人。我常与他争论,以至渐渐疏远。但我喜欢袁运生。他愉快地使自己成为矛盾体,庄严而任性地走向种种错位。我喜欢看他狂笑、激怒,公开申斥他憎恶的人。他看到提香、塞尚、倪云林、北魏佛头时,我记得他击节叹赏的声调,听上去仿佛痛不欲生。

五年前他的大展有许多从未面世的画,除了纽约时期张牙舞爪的篇幅,归国后的好几幅大画,温暖和煦。他居然以巨大的尺寸画了中学老师的脸，在另一长卷中，他似乎回到学生时代的"水乡记忆"，河面上划过乡村婚礼的幸福之船。

当今时代早已不理会袁运生，因为他从不理会时代，亦且与时代，也即他的同辈与晚辈，动辄翻脸，厉声呵斥。这就是为什么我喜欢他。当然，以上是我的一面之词，我假定又在和他愉快地辩论。我有时与他一样偏激，但在美学上是个相对保守的人——可惜，他早就戒烟了。

约翰·伯格说：毕加索晚年"从未失去才华与诚实"。暮年的运生亦可做如是解。今年袁运生抵达八十五岁，他的脸好像缩小了，渐渐变得安静、无辜、寡言，让我有点不认识他。在如今各怀鬼胎的同行中，还有另一位像他这样骄傲的刺头吗？他的挑衅生涯度越共和国美术几乎全部历程，眼下是一个对的时刻，回看袁运生。

2022 年 2 月 24 日

尤勇的母亲 *

尤勇的家位于高碑店中国油画院左近。一楼客厅连接厨房，厨房边的储存室堆满画作，三楼是带天窗的画室，过去数年，我常在那里画画。

爱琴，尤勇的母亲，超一流家庭妇女，每年从家乡温州过来照应儿子，烹调一道道美味，娴静而从容。杜宾犬埃塞克，高大，标致，是这户人家的重要成员。

我猜爱琴想不到生了个画家儿子，更想不到她五十七岁后自己也画起画来，从此不肯罢手了。

她的画案就是餐桌，收拾餐具后，弄一束瓶花，就着南窗的光，不紧不慢描摹每一茎嫩叶、蓓蕾、花朵，还有

---

* 此篇为程爱琴 2022 年 9 月在北京举办的首次个人画展作序。

瓶罐和衬布的图案。起初，儿子给母亲买了小画簿，爱琴一页接一页画，不久，纸张的尺寸渐渐增大，瓶花与物件增多了，背景越来越复杂。

奇怪！就像爱琴从未做过一道失败的菜，我也没见她在某幅画的哪怕一个小局部，束手无策，画砸了——那是我常干的事，最后索性抹去整幅画——真的，我和尤勇全程目击了这位家庭妇女从未受挫的手艺。

通常她在午饭后开始画画，傍晚又回到灶台。其时我和尤勇在三楼高谈阔论，被画册与画布包围着。下楼时，当我礼貌性地在爱琴新作前站一站，她会说：陈老师……？我夸好，她不做声，我说哪里大概还要弄弄，她就像对着摊开的菜料，认真寻思。其实我根本想不出该说什么——没人会相信我：每次看爱琴画画，我就回到小时候看大人画画，暗暗羡慕，心里想：这个人怎能画成这样！

但我知道，爱琴不知道怎能画成这样。

起先，我以老画家的宽宏大量，还有虚伪到无比真挚的民主意识，看着这位厨娘坐那儿画画，随口夸好——不是吗，艺术面前人人平等，谁都能画画——当爱琴画到上百幅，我和尤勇几乎难以决定哪幅画得更好之时，事情不太对了。

哪儿不对呢？我好像知道，但说不出。尤勇，从央美附中、本科、硕士，直到成为艺术研究院新出炉的博士，和我同样困扰。渐渐地，我俩在爱琴的画前生出对自己的鄙视，准确地说，一种全盘皆输后才会怡然释怀的绝望。

诸位已经看见爱琴的画，我不评价——问题并不流向爱琴，而是我和尤勇。当她画到快要两年的光景，瞧着这些画如植物般静静生长，我俩开始不约而同反思我们的画路——"我们的画路"，在学院位置上（据说连接着最正确、最高级的欧洲传统），可是爱琴的位置是在厨房（厨房无法给出我们想要的答案）。

不消说，爱琴休想学会她儿子那样画画（想想尤勇努力越过的台阶吧，母亲为儿子的求学付出至少十年的代价）。但真正对等的问题是：我和尤勇（被认为很有本事的画家）更不可能像这位厨娘那样画画（假装放弃学院的观看方式和作画步骤？）。不，绝对不可能了，就像不可能回到童年：这才令我们绝望。

认真说，我和尤勇其实是"老人"，沿着我们在中国假想的，譬如，十七世纪欧洲美学，缓缓爬向同样假想的十九世纪；爱琴则是个"婴儿"，一位绘画上的"文盲"。她的状态——我是说"状态"——连接人类的早期绘画，有如我亲见的古希腊、古罗马静物画。再说，宋人的花鸟画也不过是单线填色，一片接一片叶子的画下去，愉悦而憨傻。

我不会贬低尤勇的画（顺带也无意贬低我那些从未令

人满意的画）。如今尤勇家的一楼和三楼出现两个绘画世界，评说其间的对错优劣，没有意义。有意义的是：或许，爱琴画画得自三楼画家的诱发，而现在，武艺齐全的三楼画家瞧着一楼的画，甘拜下风（倘若画画是打架的话）。

对了，另一位退休大妈邵炳凤女士画的画（老天爷！）同样令我认怂。看来天下只有两种艺术：有趣、有才能，或者，乏味而平庸。无所谓素人画、农民画、业余画，这都是职业画家想出来的馊词（渐渐变为被权力化的意识形态）。有谁会说古罗马、中世纪、秦汉魏晋的无数绘画是素人画、农民画、业余画？那些伟大的工匠如果忽然空降尤勇家三楼，瞧着我俩的画，他们会问：

这是什么？你们在干吗？

眼下爱琴的三百多幅画，像是我和尤勇的镜子。现在为爱琴的画展写序言，我必须借她儿子的名气，题为"尤勇的妈妈"，不然谁知道她。真的，我不会说她是画家（他儿子才是），因为她说不出半句绘画的术语（那才真的厉害）。我每想起爱琴，总看见她在灶台前忙。每天将近六点，埃塞克就会蹿上三楼，悠闲踱步，不打量我们，意思是：爱琴的晚饭做好了。

2022 年 3 月 30 日

读张昊辰的第一本书 [*]

我所知道的音乐书籍，少到可怜。十四岁上读过丰子恺的《近世西洋十大音乐家故事》，除了民国译名——罕顿、修芒、却伊可甫斯基——只记得一句，是以"千呼万唤始出来"形容贝九合唱部分：哎哟，原来白居易的句子能这么用。

但贝九到底是怎样的呢？那年月，休想听到。

保罗·亨利·朗格的《十九世纪音乐文化史》是我唯一读过的音乐史，当然，不能懂，但记得雄辩而优雅的译文。后来知道那是系列著作之一，买了全集，知难而退，没有读。

* 此篇于张昊辰《演奏之外》一书出版后所写。

去年倒是认真读了半本关于现代音乐的厚书《余下只有噪音》，从斯特劳斯和马勒写到上世纪八九十年代，因为只听过其中乐曲的百分之一，还是茫然。较易懂的是台湾音乐人介绍舒曼、勃拉姆斯、瓦格纳的竖排繁体字版，九十年代遇到的大陆好译本，有卡萨尔斯传记、鲁宾斯坦自传、切里彼塔克传记、斯特拉文斯基自传。

眼下国内音乐爱好者的书单，肯定远远超过以上。我的青年时代，无书可读，后来音乐书籍多了，却又苦于难读——但凡讲道理的书，我最难弄清的就是哲学与音乐——所以偏爱音乐家演奏家自己的书写，但因此懂了音乐吗？没有，我在读书中那个人。

譬如鲁宾斯坦记得他与当年的贫苦少年李赫特在苏联火车站凄凉告别，待写到他自己贫苦的童年，鲁宾斯坦大叫，不！受不了！我不要回想那段日子……再譬如，斯特拉文斯基居然能写出幼年每个房间的气味，后来在追溯俄罗斯历史的厚书《娜塔莎之舞》中，读到这位半世纪不肯回国的老移民，终生用着俄罗斯岁月老保姆喂他用过的鞑靼族木勺。

数十年来，国内想必出版了很多很多音乐书。哪些呢？隔行如山，我不知道。相熟的老师友牛陇菲先生专攻音乐学、敦煌学，著有《古乐发隐》等系列专书，同代人叶小纲先生也曾将他的专著赠我读，前者清通，后者恣肆，但除了窥探音乐学问的深渊，我还是不太能读懂。

总之，这样可怜的阅读程度，我只能接受音乐家的自传与自述。眼下，张昊辰出版了他的第一本书《演奏之外》。我有理由读它：那是演奏家写的书。

* * *

没人期待艺术家写书，也没有哪位艺术家知道自己会去写作，甚或出书——当年我不知道，昊辰说他也不知道，但我们竟都写了。怎么会呢？

也许我俩都是话痨。

昊辰的琴艺，不说了，他的粉丝该比我更知晓。我曾听过他六七次现场演奏，五年前初听那场，当下惊愕，径去后台找他，相对痛聊，就此混成朋友。台下的昊辰有时穿着 T 恤，几乎不谈音乐——此深得我心，我也不喜与人谈绘画——此外，什么什么都谈。我喜欢他从不附和我的意思，时常坦然反驳而分寸得宜，我几度试着狡辩，但他盯得牢，随即扯出新的破绽。

后生可畏。我暗暗诧异这位九零后的资质。他十五岁结束本土的中文教育，留洋学艺，如何能这般清晰地说话

（唉，最低限度，如今能遇见讲话清楚的人，多么难啊），如何知道那么多？博闻强记的呆子，不少见，昊辰绝不是。他事事入眼，会观察，天生会表达。间歇性地，我忘了他是满世界巡演的钢琴家。他在台上那股劲，少壮而老成，咄咄逼人，间或，出人意料地委婉深沉，和他羽翼待丰的少年模样，难以对应。总之，我遭遇了一位小我两辈的谈话对手。

不行。我得劝诱昊辰写作。还没开口，才知道三联与"理想国"早已盯上他了。

那么多欧美钢琴家有没有著书出版者？我曾问昊辰，他说读到过一位，写得非常周正。国内呢，现在有了昊辰的《演奏之外》，一本纯真恳切、结结实实的书。

* * *

我的第一本书叫做《纽约琐记》，写时，望见五十岁，有点世故了。什么世故呢？就是，不正面谈艺术（我不是学者），不碰硬问题（绕着走，顶多蹭在边上），不算策略的策略，是侧写、离题、讲故事、聊闲天。近年做《局部》之类节目，还是语缝间耍赖，顶多带出点问题，又藏起来。

现在读昊辰的第一本书，我被振作，同时惭愧。

我读到青年人的勇敢（他正当他的岁数，决定说出他一肚子领悟），读到昊辰的真挚（我明白为什么他写到一半，"浑身颤抖"，进厨房痛哭。写出这痛哭，就是真挚），我尤其赏悦书页间的论辩的英气（他试着对前人的几乎每一项说法，认真辩难，角角落落细说自己的认知），而密集书写带动的激情，怎么说呢，就像他在演奏。

好小子！这本书留下了他的岁数（写到最后一章，昊辰想起舒伯特的岁数）。

年龄不可追逆。我在昊辰如今的年纪，尚未写作。中年涉笔，失去少壮岁月最可宝贵的什么。什么呢？可能是无保留的真挚，勇敢，冲动。如果再加一句，就是，弄事业的人在这岁数，格外缜密，土话，便是"较真"。以文字为音乐论辩，昊辰处处缜密。所以我说他富激情（缜密也是一种"激情"），说自己世故（世故，不免隐含着"对付"）。

* * *

《演奏之外》不是史论著作，而昊辰的论辩（也许他不认同这个词）不惜随机动用史论。开首四章设置的话题（从"聆听的三种空间"到"看不见的博物馆"）几乎触碰古典音乐的好几个重大关节，为这关节，他引述的人物与论点（老天爷！自柏拉图、亚里士多德到康德）全是啃的硬骨头。

我没法子评价他的论辩，因为不懂。说昊辰有学者倾向，或许夸张了，但他对不知该说是哲学还是理论，显然有天资，至少，他的写作的兴奋感，偏于说理（又一个少壮期的智力荷尔蒙现象）。少年出洋，他受到良好的英语教育，我看出他中文书写的背后，躲着英语：这是他的优胜，也是苦恼，西洋文化的许多意思，中文难以说准、说圆、说透。

令我好奇的是，他如何以自修的汉语连同优异的英文水准，顽强地在书写中搏斗。以下稍列他的用词：

隐喻的隐喻、对立的对立、自律与自由（全是西方哲学词语。他说，他阅读较多的仍是中文书，那么，他的思维想必往来于英语和中译）、音乐的主体（我至今不知什么是"绘画的主体"）、修辞的维度（他说，正是在这维度使"音乐超越了语言"），当然，还有声部、织体、调性（该死的调性！为什么我总是弄不懂）……

但奇怪，读着他苦心孤诣的书写（多么烧脑），这里那里，我似乎有点懂了。因为我认识他？人会从相对而坐的朋友面前，闪电般地（在自己可疑的认知边界内）明白平时迷惑不解的道理。

他写道：（西方调性音乐）通过背离主调，走向主调再现的必然……"以制造调性几近分裂的危险，使听者在一切重归和谐时，获得更持久的满足"。这当口，我赶紧搜寻记忆中的交响乐片段，忽然，自以为懂了。张爱玲天才地说到：交响乐犹如"阴谋"。当"主调"在种种离间性"阴谋"中昂然重现（又是它，又是它！），唉呀，原来如此！我有点懂了。

在对贝多芬晚年艰深的奏鸣曲做了艰深分析后，昊辰认为并非如大部分史论所说，浪漫主义由此开启。不，不是的，而是，古典风格至此走到尽头（被贝多芬自己弄到尽头？）。我也曾偷偷这样地想过呢（就像所有外行的擅自胡猜），我总能处处听到贝多芬的严整的秩序（晚年那几首是在秩序的重组中奔突）。

昊辰审慎（缜密），以上环节该去读他的原文。此外还有几处，惚兮恍兮，犹如面对一个擅于启发的教师，我貌似懂了，而外行自以为懂得的方式，内行想不到的，我要说，这些片刻即逝的"懂"，别的音乐书未曾给过我——但与昊辰聊天，他不跟我说。

* * *

曾有谁形容，昊辰弹琴像是五十岁，他的文事，也早熟，哪像初涉写作的雏。以下几篇（我喜欢分章的标题）比较能读进去了：各写一位作曲家，不点名，由题目概括了论述的要点——

《叙事的神话》（贝多芬）

《失落的真相》（舒曼）

《个人与历史》（勃拉姆斯）

《言说背后》（雅纳切克）

《异乡的世界》（马勒）

《萧邦与钢琴》（萧邦）

《维也纳的孩子》（舒伯特）

读下来，每篇都有干货。后两篇令我心有戚戚，其中两个点，似乎发前人所未发（或许有人谈过吧），并出现散文笔法，带出昊辰的敏锐的资质。

先说萧邦，多数琴童的记忆起点。少年昊辰即去波兰巡演。赴美就学后，得知西方管弦专业同行私下对萧邦的轻视、贬抑，他疑惑而愤怒了，现在他以文字替萧邦辩护，有理有据，我虽不能懂，但他的感悟的层次，远不止萧邦的作品，而在作品背后：

> 每次落地华沙，我都内心悸动……打小弹萧邦……人对自己的童年也有乡愁吗？……我试着努力感受，终归一片空白……凡在波兰的，我全都无感……近年去华沙，我已不再想到萧邦。偶尔起念，不过是再次确认：他离这里很远。

至此，维度出现了。东欧也是我这一辈的艺术"乡愁"。解体后的布拉格、布达佩斯、彼得堡、莫斯科……我也"内心悸动"，寻找少年时代疯狂崇拜的斯拉夫画家，然而正像昊辰，连连错位——作品与故土、艺术家与祖国、十九世纪与二十一世纪——在克拉科夫小城巡演的冬夜，这位弹奏萧邦、热爱萧邦的"琴童"这样写道：

> 一个人闷在酒店，通读美国作家冯内古特的小说……当天并无演出……忘了吃晚饭……已是深夜十一点了，餐馆早已打烊……出旅馆右拐，过小巷，有一家……走道暗窄，壁顶打着昏黄的灯，店家穿着破旧的皮大衣，恍若九十年代的中国。我拎着选好的

面包……呆立在那儿，突然想到萧邦……这就是萧邦
的国度呀。

至此，深度出现了：你不能说这就是萧邦心中的波兰，
你也不能说，这不是波兰……同样的维度与深度进入舒伯
特专章。这次，昊辰为之不平而心痛的理由，指向维也纳：
舒伯特生于维也纳，然而终其生，"渺然其外"。有谁揪过
这个点吗？

这不是语境，而是处境——处境对创作的重要，
恐怕胜过语境。

随即他试着列举舒伯特的晚辈："路过"巴黎的萧邦，
也绝对属于巴黎（加一个：西班牙人毕加索生前身后的符
号性影响，同样属于巴黎），而梵高有高更，塞尚有左拉，
被奥地利歧视的马勒，相交的是弗洛依德、茨威格、托马
斯·曼……舒伯特呢？

这样子贴心的追想来自昊辰的千万遍弹奏吗？（与他
多次深谈，我越来越信服：乐谱只是文本，真正实现为音
乐，是要看不同演奏者各自独一的解读。）以身体与性灵
进入音乐的那种经验，外行不可能有；另一面，怀抱异乎

常人的同情心、同理心，代入演奏，舒伯特于是"成为"正在弹奏的钢琴家。

"骇人的内省""技法与心境同步内面化""'重复'自身成为动机"——长篇大论解读舒伯特晚期作品之后，昊辰写他来到舒伯特旧寓，写那狭促的卧室曾经摆放着舒伯特的眠床与钢琴（他写道"琴加床，已无从落脚"）。多年前我曾站在伦勃朗故居呆看他的调色盘，我可能明白，昊辰以怎样的心情面对舒伯特的房间。

* * *

《机器复制时代的音乐》《就此一别》，是本书我能懂得，因而格外看重的两章。前者事关重大，昊辰移动本雅明创发的概念，讨论录音作为传播形式，如何改变了二十世纪迄今的音乐世界（这大题目，不知有没有相关的权威文本），后者，是演奏家舞台生涯的第一叙述。

在音乐写作的已知范围外，这两章展示他更大、更丰富的视野，罕见地，昊辰是演奏家中时时关切大问题的人。

摘引他的语句，颇不易，昊辰总在多维度多层面的叙述中，寻求快感（包括痛感）。我久已思忖印刷品时代的绘画，却没念及音乐的复制与传播同样是庞大的话题（想想眼下一枚智能手机所能搜索的乐曲吧），篇末，他甚至写到录音与太空的关系。

真的，谁曾认真想过：倘若音乐已被机器复制深度改变，那被改变的不仅是音乐，更是我们与音乐的关系。

最后一章涉及百万琴童（也许更多）。如今，遍布各省与各国的中国演奏家怕也有数百吧。新世纪，当我辈还在怀想殷承宗、刘诗昆、傅聪、顾圣婴，新生代演奏明星早已登台全世界，接受各国听众的掌声。也许又是首次：昊辰将当众演奏与体育竞赛，做了淋漓尽致而寸心自知的比对，再一次，他为音乐演奏给出了意想不到的维度。

真的。谁曾认真想过：这些孩子经历了怎样的成长？他们在轰然掌声中出台、弹奏、谢幕，心里感受到什么？

昊辰的母亲告诉他，四岁那年第一次当众演奏，他被拽上琴凳，辇下来，抱起，再弹，再抱起，如此三番，直到哀哭，终于挨揍，如每个琴童的挨揍——日后母亲问他：打有用还是骂有用？他说：打有用——饮泪弹罢，忽然昊辰转向母亲：还想再弹。

妙不可言。孩子不明白为什么非要他弹，接着，孩子不明白为什么自己"还想再弹"——日后的演奏生涯，始于那天。

写出这一幕，昊辰已是巡演全球的角色。去年他因病而不得已，临时取消了一组国内的巡演，养病期间度了三十一岁生日。待稍愈，奏琴试练，他猛地想起舒伯特辞世正当三十一岁，还想起舒伯特死前数月的第一次登台公演（也是最后一次）——昊辰立刻决定："我要上台。"

不是为了我自己……也不是为了观众。

为什么"不是为了观众"？这就是为什么昊辰写了《就此一别》。

* * *

近日捡起友人替我买到的民国版丰子恺以半文言写成的《近世西洋十大音乐家故事》，临睡读，居然读下去了。我读此书，时在 1967 年，当初出版，则是 1929 年（那年，丰子恺也正当三十一岁）。近百年过去了，倘若昊辰将《演奏之外》递给丰子恺，并奏一曲给他听听，会是怎样的情形？

现在想起我曾胡扯音乐的那本书，真是害臊。以上絮叨，是感慨本土玩弄西洋古典音乐的几代人，孜孜矻矻，长育及今，落在昊辰这里，不晓得怎么一来，有了这本书。

这是他给自己钢琴生涯的头一次交代（艺术家的文字初作都是写给自己看的），而在书的背后，我看到西方古典音乐的本土历程（譬如，在昊辰那里），如何进入世界性维度——关乎演奏，更关乎内心。当年丰子恺向国人绍介"晓邦"或"修培尔德"，用心良苦，现在，昊辰去波兰不再刻意想起萧邦，或在舒伯特故居独自冥想……可以说，这些个人的感触都在细细回应民国头一拨启蒙者何以要来启蒙，而那代人根本无法梦见这启蒙的延伸，会到哪一步。代际演进，由生而熟，到昊辰这茬孩子（又要提到岁数），我以为，这本书所能透露的种种讯息，或许是一个刻度。

再说一遍，没有人期待艺术家写作（少年昊辰即曾相信音乐就是言说，干吗去写作）。当然，他的价值是在演奏，他不写，照样优秀，而他埋头写了（有时伴随无以名状的痛哭）。写作是他的价值的旁证，抑或余兴？我不想夸张这件事。最低程度，它雄辩地展示这位钢琴家于演奏之外的天分与才调，在高的意义上——可喜昊辰谦抑，我也该克制自己的用词——是什么呢？

我是用音乐说话的人，不知为何趴在电脑前，面对密密麻麻的黑格，留几米外的钢琴空置着。

我猜昊辰知道他为什么写作（我也知道）。他的母亲倒是蛮早就对他说：你要写下来呀。如今昊辰的生涯多了一件他给自己和他的听众的礼物。他还年轻，要过好久才会明白这是怎样的礼物。

2022 年 8 月 5 日写在乌镇

木心遗稿引 [*]

（一）

> 鲁迅是不会善视我的，背后斥我为"资产阶级"。张爱玲是瞧不起我的，她会转身借用了苏青的话："我又不是写给你看的。"剩下来的便是我对鲁迅的敬重和对张爱玲的赏叹。

倘若顺利，木心遗稿的头三册下周就能付印了。逾千页清样，封腰印他的哪段文字呢，商量半天，编辑的建议是以上几句。

＊ 2022 年初，第一批木心遗稿正式出版后所写。

这意思，老头子早说起过，说时，十二分诚恳地看着我，又带点逗我的神情。近来一页页过遗稿，忽然撞见这几句，我又大笑了。这样子诚实的话为什么我会笑呢？三两句藏着好几个维度，是木心的快感，也是他的本事。但诸位留心：他从不会将以上的话放进他的书。再看这段：

> ……晚年得福，安享天年，哪知现在想来，真正幸乐的还是从前月底领工资的日子。

这是出自《诗经演》《素履之往》或《西班牙三棵树》的那位作者吗？一句"月底领工资"，哪个上海弄堂小职工没说过。在四十多册从未面世的木心遗稿里，你直接见到他这个人：

> 我有一个不幸的童年（听说这是好的）。少年遇上了更大的不幸（听说这叫天降大任）。青年的不幸大而且深（因为夹入了爱情）。中年囚禁在牢狱中欲死不得（但后来我就是不想死）。老年我还是痛苦的（因为寂寞啊）。再以后没有什么了（不过我已有名）。也许快乐会近上来。

言及身世，木心总是讳莫如深，送去出版的文字更是抵死不诉苦衷。现在，他跟我聊过的私房话，无遮无掩，进入遗稿。当年我要他写下来。"喔哟！这种话讲过拉倒，写它干吗！"他说。如今遗稿在眼，他到底还是写了，而且很不少。

> 韩波投巴黎，叶赛宁赶彼得堡，我也不免混入上海。都是十八九岁的糊涂虫，说什么前途光明。无非是挟一卷诗稿，天可怜见，那些诗后来都作废的。

他常这样子聊到"孙牧心"，至于乌镇那位"孙璞"，更不在话下：

> 我的故乡，按当时实况，不调查也公认我是最没出息的人。舆论之可怕，在于舆论日久便成为结论……但当年的实况却是我确凿无能。我自认为我是全镇最无能，以致最没有前途可言的人，这就更无还价地痛苦。

没出息的孙璞，长大了，坐牢遭罪，之后在上海弄堂小厂混。但他曾对我透露过藏在心里的莫大主张，老来下笔，如实招供了：

> 我的人生理想有三：1. 不工作；2. 没人管；3. 单身汉。是故到得海外，三者立即如愿以偿，从此其乐无穷。世上极少有人敢于宣称"我的理想全部实现"，那是因为他们的理想伟大崇高，至少是很复杂吧，要完全实现是很难的。我的理想其实是一只鸟、一匹兽的境界……独飞独奔，随心所欲……做了"动物人"，此生志愿毕矣……所以，近十年以来，我的生活真是非常满足，非常哈利路亚，非常感谢上帝的。

隔若干页码，他忘了他的"哈利路亚"，坦白道："老年我还是痛苦的"，"因为寂寞呀"。但经他写来，这类"寂寞"很具体：

> 冷盆，卤肝，鸭掌，三丝。热炒，炸虾片，蟹粉，麻婆豆腐，荸荠夹，干贝冬笋，芙蓉羹。大菜，八宝鸡，十景蹄髈。

他还说二十四种江南蔬菜，出国后再吃不到了。我表惊异,他就当场写出来。这便是"寂寞"吗?我以为是的。口腹乡愁,毕竟小事,木心暮年心心念念的头等大事,是有了读者,有了微茫的声誉。写于归国前后的那几本记下很多感慨,正是他终于等来他的简体中文版著作在国内出版,并初获若干读者的时期,原句太多,单看下面这句吧:

> 再倔强的人,也会因受到赞赏而放声号啕大哭……

我从未见木心哭,除了他在医院目睹自己十九岁照片的那一瞬。以上这句话没有第一人称,但我知道,他说的就是自己。回乌镇后,外界对他作品的激赏、赞美、酸话、恶语,他多少有所听闻。他欣悦吗?受伤吗?当然!在遗稿中(并非本年度出版的头三册)他默默写下许许多多短句(简直姿态万千),但也不为发表,不过写了自己看看,算是气过、笑过了。

> 我看破红尘么,我只看破二分之一红尘:关于艺术、爱情、友谊,我还远远没有看破,妄念多多,看破不了……谁要是喜读我的文章,我感动得五体投地七窍生烟——红尘啊红尘,这些都是只有红尘

中才有的哟。

真的。他一辈子从未公开表达过委屈和激愤。但我实在为老头子隐忍够了，现在，他仍以隐忍的语气，在他死后，由遗稿叫出来。

汉文中特多成语，颠沛流离，家破人亡，朝不保夕……都曾用到我的身上。2006年1月7日（按：木心著作中文版才刚上市），《北京晚报》将"如日中天"这个成语落到我头上来了，我一点快感都没有，因为我已经"日薄西山"了。

（二）

期待木心遗稿的读者，可能会失望的。陆续阅读遗稿的打样，已近两年，我还是不知道怎样评述这一大批写作——倘若闲言碎语能被视为"写作"的话——对比他恢复写作初期的《哥伦比亚的倒影》到最后的诗集《伪所罗门书》，木心，卸下了他的礼帽和手杖。

不消说，你还是会立刻认出他——

吻是诗的，肌肤熨帖是诗的。絮语是诗的，抚弄是诗的，其他都不过是散文了。而交媾，交媾是论文，交媾与论文一样无不以失败告终。

但在大部分内容中，这位美文家出门见人的仪态，不见了，变回一位浙江老人。早先，但凡面世的任何文字，木心务求完美（原稿通常删改十遍以上），包括完美地抹去他不愿形诸文字的一切。这"一切"是什么呢？照他的说法："那不是文学。"

《文学回忆录》算是文学吗？实话说，大半木心读者能进入的是《文学回忆录》，因为好懂——"No，"木心说，"那不是我的作品。"

现在，几乎每一页长短不拘的文字零碎，比他的讲席更好懂，更直白，完全不像他自我承诺的"文学"（比照他已出版的书），更不算"作品"（好多篇幅写到半路，放弃了）。不少逾千字的随感没标题，有篇设了题，叫做《饭米山》，一两百字后，只写下《浮生六记》的主角"沈三白与芸娘"，即留白，接续的文字似乎算是结尾：

米文化、饭文化的奥义是西方智者所不能参透的，即使在本国的中国，天天吃着米饭，也只知其饭而不知其所以饭。我对于米，对于饭，始终胸怀感激，心怀崇敬。

下一页又是几段聊米饭的文字，不晓得是续写呢，还是另起意思。再譬如：

秋天，我成名了，这像是秋天一件事。我，没什么，就这样一个快乐不起来的人。成名的意思是，再要无名是不可能了。回想那默默无闻的六十年，每一秒钟都是潦倒落拓的，但很静，很乐，很像人。街头小摊，几个朋友用一个杯子喝酒。

这是"文学"或"作品"吗？思路，句子，仍然很木心，但不再像他：

回想童年少年青壮老耄，一以贯之者，蠢。黑暗的甬道，半点光亮也没有，竟然活到现在。

木心"蠢"？且"一以贯之"？我不愿说他夸张，而是，为什么他变得率直。他想到这些文字会被人看见吗？显然没有，绝大部分遗稿的语气只是说给自己听，写给自己看。

人生最大的不忍是"忍耐",我整整忍耐了一辈子。

这话倒像是倾谈,跟前有个人在听。那是我吗——话锋一转,忽然他写到我了:

陈丹青的文章,既非少林,也不是武当,乃弄堂小子之乱拳,一时眼花缭乱,无从出招还手,被他打赢了。

另一段话他也忍着(情辞动衷,与丹青诀别),也从未告诉我(多想听他当面对我说啊!),待我在稿页间猛然读到,他已死了八年。

无法猜透的是,他似乎不在乎这些碎稿。证据是:2006年秋撤空家当,办了海运,他归来定居的行李中,竟没有文稿。翌年我去纽约探母,看望了文学课同学黄秋虹——在她位于森林小丘的自家楼栋二层公寓,木心度过纽约的最后十年——她从柜子里拿出两三册稿本,说:怎么办?木心不要了吗?

我打开看,写满从未发表的文字:字字计较的木心居然扔下文稿,没给秋虹任何交代,太奇葩了。如果没记错的话,我关照秋虹放好,说是回去问先生——真是罪过:

现在我不记得是否问了木心（想必问了），也不记得他怎么说。接下来的故事是侍奉先生的小代说的：

2009年年底，秋虹回国看望先生，小代不知道他俩是否谈及这批稿本。翌年秋，两大纸箱海外邮件来到晚晴小筑，木心很兴奋，以为是童明（他冀望评论他的旅美学者）寄的，开箱看，却是他纽约寓所的全部稿本和散页。

好险啊。秋虹还是寄了（要是寄丢了呢）。小代说，木心看了，一脸的无所谓。

那时他还有一年多生命。2011年12月，他进入重症病房（每天仅准许探视半小时），小代和先期侍护先生的姑娘黄帆（专程从湖南赶来照应先生）搜拢归置了全部遗稿，堆满餐室桌面。那是我第一次读到木心的遗稿。餐室阴冷，他在医院昏迷着，才读几页，我忍不住大笑，随即意识到我手中已是无主的稿本。

很快，乌镇公司老总陈向宏买来中号保险箱，我瞧着小代一本本塞了进去。2012年全年忙于录入《文学回忆录》，出版后，2013年，"理想国"刘瑞琳与三位编辑来到乌镇清理稿本，分类标号。2015年木心美术馆建成，全数遗稿归存档案库。

这次该由谁录入呢？我老了，弄不动了，决定拜托木心暮年的小朋友匡文。他是中文系毕业的八零后青年，

2011年初曾访木心并一起过春节，对他作品了如指掌。木心逝世后，匡文特意来到乌镇，任职于昭明书院图书馆，之后，全程参与了木心纪念馆和美术馆工作。

2017年始，"理想国"正式委托匡文录入全部遗稿。匡文好认真，每天伏案录入，整五年。以目前录入的八十余万字数估算（尚有至少五分之一未录），全部遗稿（数量仍未确认）应有逾百万文字。

（三）

我的文字没有什么意思，就像音乐那样，没有什么意思。

为什么"没有意思"？而且，等于说，音乐也"没有意思"？所以这段话很有意思，是理解（或争议）木心的要紧处，真要辩难，可以是一大篇论文。但老头子说事只管三言两语打发了，"四两拨千斤"，他连"四两"也不舍得。

我好像从小就不爱追求意义的，音乐有什么意义呢，梅花桃花都是没有意义的。

虽是大白话，仍不好解，音乐家或植物学家会反对吗……下面的五言诗，老套，不难懂，要点只在"误解"：

廿年静待去，一片误解声。我亦飘零久，从此惜残生。

进入"残生"，不再出书，但老头子到底放不下"一片误解"，遗稿里端出的私房文学观很不少，连带讲说他自己的文章……

修辞思维，是我想说得好听些罢了。

这个词是他的"发明"，针对八十年代初文学人的所谓"形象思维"。但据老头子说来，只为"好听些罢了"。是这样吗？文字之道，他总要从"好看好听"处入手，带出深浅不同的意义（他偏要说：没什么意义）。这样弄下来，拿出去，真正折磨他的是"懂"与"不懂"。好在他会用各种说法跟自己周旋，以下便是一种，未见得是写给"你"的：

你怕别人看不懂你的文章，那是你写得不好，无从懂，如果你写得好而没人懂，恭喜恭喜，懂的读者自会来的。

"好懂"的文章，他也写过，譬如《上海赋》。回国前几年正有上海作家陈村为之叫好，他很开心，遗稿里偷偷给陈村弄了首七律：

> 黄鹤归来事已迟　衣锦还着当年缁
>
> 申江有幸成一赋　陈村无愧先三知
>
> 鱼龙混杂子不语　鸡虫得失君多嗤
>
> 会当更剪西窗烛　笑谈开卷惊雷时

就像他仅仅与我纸上谈话，据我所知，他从未将此诗送达陈村。返乡后，听得外面夸《上海赋》，老头子来劲了，以下综合了三四段相关的文字：

> 他们不知道《上海赋》不是文学……是我的游戏之作……错蒙读者俯赏，我心不安……我不是上海人，没有经过三十年代，我是乡下人，三十年代，我尚在襁褓里呢。

后面五句，句句实话。所以骂木心容易，夸他，他未必领情。接着他从"襁褓"一跃而出，老辣起来：

> 说《上海赋》好者，是聪明人，说《上海赋》胡
> 闹者，是智叟。说"想不到你还有这一手"，我得意。
> 说"你出此下策，倒真是上策"，我拥抱你。

谁是"智叟"？除非他自己。能令智叟"得意"而竟
"拥抱"者，以至"上策下策"云云，是老头子写嗨了，
自己拥抱自己。令他束手而耿耿在心的是，《上海赋》独
缺黑社会一章，临老打起精神，续写了两章：《黑漩涡》《青
红帮》，是遗稿中蛮长的篇幅。写完了吗？没有。这一层，
我明白他何以佩服台湾的高阳。

轮到他自己的得意之作，木心忍不住兜出"谜底"，
那原是他死活不肯的：

> 《哥伦比亚的倒影》到底是什么，一言而表之：为
> 人文精神的堕落而绝叫——求救书。《明天不散步了》
> 是什么，是：这样的一个男人，你爱不爱——求爱书。

好吧。亏他好意思说。看来他真是豁出去了。比起已
面世的书，他在稿本中不再闪烁其词，不再字斟句酌，里

外放松了。

为便行文，我所摘引的多是短语短章，遗稿中的"硬货"，仍有的，不外是他牵念大半生的人物和命题——李聃、耶稣、陶渊明、尼采、莎士比亚、曹雪芹、莫扎特、陀思妥耶夫斯基、塞尚、叶赛宁，还有他暗自纠缠的"宇宙"问题……

罕见地，他写了好几段蛮长的段落，细数他所知道（不知从哪些书上知道）的几位科学家，要点是，木心认为他们在无神有神之间难以自裁自安，格外在意，究竟如何，请诸位自己读吧。

被他提及最多的中国现代文学家，是张爱玲，随时想起便絮叨几句。相对如今海内外张迷，木心的资格要算老的——1943年张爱玲初试啼声，十六岁的孙璞就读到了：

> 回想张爱玲在上海快速飞升，我看了就兴奋、喜乐，到处搜罗她的作品，回诵佳句，都背得出来。不料几十年后，我也阴差阳错，小名叮当响了。

现在这位"小名叮当响"的老头子在稿本里一遍遍默念张爱玲：

鲁迅先生铸炼了我，张爱玲女士激越了我。我不幸的童年不幸的少年读着他和她的书……

熟悉木心的台湾读者，应记得他1995年评写张爱玲的《一生长对水精盘》（收入台湾版《同情中断录》后，易名为《飘零的隐士》），十多年后，他悄悄写下这段话：

我因《中国时报》编者催得紧，仓猝成稿即付，实在是大不敬的。第一，不谙张爱玲出国后的遭遇景况，单是以为她才气尽了才不出新作，这是不剀切的，不公平的。我以负咎之心续写此篇，冀赎前愆，以谢张爱玲女士在天之灵。第二，知悉了她来了美国的坎坷遭遇。

1955年，张爱玲告别早期文学生涯，远来美国；1982年，木心初到纽约，年近花甲，是个文学界的雏，论远避世人，他俩有一拼。而我初次得知张爱玲大名，就是木心告诉，他借我旧版《色，戒》的情形，想来如在昨日。诸位，"张爱玲看不起我的"，木心说对了吗？

（四）

"舌灿莲花"，好像是指接吻（哈—哈—哈—哈—哈）

我讲了五年"世界文学史"，才明白学生们都不爱文学的（这是真的）

骷髅说 那末我没有脸了（对啊对啊对啊）

抱头大哭改成抱头大笑倒不错（哈哈哈哈哈哈哈哈哈哈哈）

我享受过自己补好一件破衣服的那种快乐（这是真的）

我没有要写俳句的概念 这是日本文化的专利呀

噢罗密欧 你为什么不是罗密欧（唉，木心，你为什么不是木心）

下世做人 欲作何国人 我与中国周旋久 愿作中华汉族人

我在风景绝胜处睡大觉（他没去过几个风景绝胜的地方）

俳句 小意思 就是要这点小意思

冤死者的临刑大笑 最后的人权（看来他想象过自己临刑）

请注意　浪子策略性的回头

俳句　好像是文学的剩余价值

如果我带着毕生经验　重回青春　该有多好呀（谁不想啊，他还要带着"毕生经验"，想得美）

年华老去　长篇大作累人　写写俳句也算临去秋波吧（哎哟）

情人的喘息最好听　恶人的喘息最危险（后一句，他怎么知道）

向我的书吐口水的人　我视作海龙王（为什么是海龙王）

有魅力　其他什么也没有都不要紧

文学已经太多了　我只有写写俳句的份（喂，好几个青年在学你呢）

煮牛奶　你一定要站在旁边（哈—哈—哈—哈—哈—哈—哈）

行了。选不完的。木心很早就说要出个集子，题曰《雪句》，终于没下文。今后或许将他所有俳句理一理，大概有人要看的吧。但见粉丝们动辄"你再不来，我要下雪了"，我很烦。今时的青年一肚子话，没有语言，得了好句子，转头弄雅成俗。

（五）

12月初起手这篇稿子，入中旬，去东栅看他停了十年的骨灰盒。木盒在书架上，书架遥对他的床。床褥早已撤了，床沿有排柜子，柜子靠床的那头，在他够得着的位置钉了手帕似的布条，以便伸臂抓一把，借力起身。

乌镇，其始是我的故乡，其终是我的养老之地。但，很奇怪，在我原始的心理上，我十六岁一别故乡，从未有"归思"，每一念及，情同隔世。"回乌镇定居"，我抬不起这个概念。"浪子回家"是古人的伦常，我是属于"飞散型"的……这样强横的一个浪子就这样"回家"了么？

2000年乌镇子弟隔空呼唤这位"强横的浪子"，伫候整六年。我知道老头子心思，就对他凶："侬要白相世界主义？世界主义也不过是个概念啦。"他偏过脸，不看我，默默犟着。

所以我的思想至今还别不过来。誓不回而回了头，岂非是失信了么。To be or not to be，我希望有新的说法、新的角度来说服自己。或许我把这种"浪子不愿回家"的心声写出来，成为一篇奇异的散文，这样就疲乏而平服了。像一个年迈的瞎子，由人牵着我的手，在微雨濛濛中走回陌生的家，在家中等着我的是潮湿的空气。

将自己一变而成盲叟（由人牵着手），他趁势软化了：他的解药，还是文学。七十岁前他尚有豪情，写下"嘹唳在四海，志若无神州"。我特意冲他念了，平声劝他："写过嘛就可以啦，介好的句子！"沪语"介好"，即"这么好"。不久，稿本总算出现写给乌镇的信：

> 陈向宏先生钧鉴：今接大札，多蒙垂怀，欣愧奚如，所询关于孙家旧宅事，我意如下：一，残剩之迹，宜即拆除，此已属危险房屋，不宜近人。二，我暌离乌镇已有五十余年，于故乡无功无德，不足有"故居"之类建筑……

一来二去，后来的信，抬头换成"向宏弟"。而居停乌镇，童年的记忆，切近了：

方圆、老熊、六十、兆丁、陈妈、春香、莲香、顺英、秋英、海伯伯、管账先生、教师、阿祥、祖母、母亲、姊姊、我、姊夫、剑芬、溶溶……这样一个家，我只经历了五年。

　　八十多年前，这户人家天天在乌镇东栅做晚饭。其实，木心归来，在晚晴小筑的光阴也仅五年。镇上都知道他，但很少有人见过——2006年秋临近归来，他笑吟吟说："回去么，上街散步就戴这顶帽子，碰到有人招呼……"他便做出西洋绅士略略抬举礼帽的动作。

　　其实他几乎不出门。他喜欢想象出门，然后写下来，自己当真。

　　小代回忆，餐室、沙发上、卧榻周边，随处摊着稿本。2011年11月送医不治前几天，小代说他仍在写。上一年，老头子曾要另一位侍护青年小杨在壁炉生火，乐呵呵烧了几摞散稿。小代慌了，夜里给我电话，我知道老头子在玩儿焚稿的游戏，第二天电话拨去吼：

　　赶快停下来！听到吗，不可以的！

　　他送医时我忘了这事。不久，便轮到餐室桌面上的大堆稿本。要是他临去清醒，有个交代，稿本会烧毁还是留存——我想了很久：不知道。我猜，他也不知道。

2008年去乌镇，他递我《伪所罗门书》誊清手稿带交出版方。之后，他践行了不再出书的诺言，关起门来，转身在纸上继续自说自话。他说，他带着告别的心情看这个世界（他在等死），现在，他眷爱的，憎恶的，恐惧的（譬如"宇宙"），兼带远近的回忆，都在自言自语中告别过了。

但他似乎不想告别书写。那是度过残年的方式吗？我以为不是。多少老作家暮年笔耕不辍，区别可能在于（我是说"可能"）：他们仍有"文学界"意识，仍想写了传世。木心存有传世的一念吗？不敢说没有——很多段落、篇章，有针对，有所辩，显然朝向窗外的人间——但他为什么断然写下"张爱玲是看不起我的"，或者，"一以贯之者，蠢"？

我横竖猜不透。假定他有这意思，他不介意布满稿本的私房话吗？怪哉！他好像（我是说"好像"）不怎么看重他的稿本。小代说他送医前头脑清楚，找烟抽。他并非猝死而来不及交代，但我坐他床头记下他的昏话醒话，唯独不提那堆稿本。那不是"作品"？对了。以他的自我专制，他不认为那是"文学"。

忽然我想起（此刻才想起）：狱中手稿。怎么我忘了呢（恐怕他也忘了）——五十年前，他早就沉溺于这么一种写作，就是：什么什么都不管，忘乎所以，只顾自己写。

他向来偷偷写作，抱着（近乎愉悦的）绝望。固然，囚禁与临老的绝望，不一样，但写作是他活着的迹象，英语更简单：I am here。

我终于明白为什么他将出书生涯称作"粉墨登场"。现在他闪身退场了。二十世纪九十年代，他早已中断与对岸出版人的合作。新世纪他放弃绿卡，回老家（换到乌镇居民证吗？）。当"理想国"出齐他的书（合同概由我代签），他不再与主编联络。他渴望出名，但他真的是不要归属的人（一匹兽的境界）。

然而他无法遏制心里掠过的句子——"骷髅说，那末我没有脸了"——他无法抵御笔和纸页，直到衰竭，昏迷，苟延残喘。在重症病室叫他不应，我凑近看他，发现隔了一天，他的下巴仍然冒出胡子，就像他的俳句。

主啊 我奋斗了一生 你都看到吗

他不是基督徒（又来借好听的修辞）。但他的无数稿页，肯定看见了。

2021 年 12 月 5—20 日写在乌镇